# El sol del alfa

Renee Rose

Lee Savino

*Traducido por*
Begoña Marin

 Creado con Vellum

# Índice


Libro Gratis - La virgin y el vampiro     v
Libro Gratis de Renee Rose     vii

Prólogo     1
Capítulo Uno     9
Capítulo Dos     28
Capítulo Tres     43
Capítulo Cuarto     72
Capítulo Cinco     85
Capítulo Seis     101
Capítulo Siete     114
Capítulo Ocho     130
Capítulo Nueve     136
Capítulo Diez     144
Capítulo Once     150
Capítulo Doce     162
Capítulo Trece     171
Epílogo     176

Libro Gratis - La virgin y el vampiro     181
Libro Gratis de Renee Rose     183
Otros Libros de Renee Rose     185
Otros libros de Lee Savino     187
Conoce a la autora     189
Conoce a la autora     191

# Libro Gratis - La virgin y el vampiro

Quiere un libro gratis de Renee Rose y Lee Savino? Suscríbete a su newsletter para recibir **La virgin y el vampiro** y otro contenido especialmente bonificado y noticias de nuevos. https://BookHip.com/XJPQQXK

# Libro Gratis de Renee Rose

Quiere un libro gratis de Renee Rose? Suscríbete a mi newsletter para recibir **_Padre de la mafia_** y otro contenido especialmente bonificado y noticias de nuevos. https:// BookHip.com/NCVKLK

# Prólogo

S *unny*

—Estás tan duro.

Titus gruñe debajo de mí. Su gran cuerpo se extiende sobre mi camilla de masaje y mantiene el rostro oculto, descansando sobre sus rígidos bíceps. He estado masajeándole los hombros durante media hora y no se ha relajado. En todo caso, se ha puesto más tenso.

Deslizo una mano sobre la impresionante extensión de su espalda, trazando las enredaderas negras de sus tatuajes tribales, presionando ligeramente. Un aliento brota de él, mitad gruñido, mitad algo más suave, más gentil. Un ronroneo.

—Puedes darte la vuelta ahora —le sugiero con delicadeza, y levanto la toalla para ayudarle a girar con discreción. Nunca les echo un vistazo a los clientes, pero con Titus, no puedo evitarlo. La curva sólida de sus nalgas, la cresta de su cadera, la más mínima visión de algo gordo y largo en una base de vello ondulado...

Cuando cae sobre su espalda, la fuente de su tensión se vuelve evidente.

—*Estás* duro. —O bien ha erigido un asta de bandera entre sus piernas debajo de la toalla o tiene la erección más colosal que haya visto. ¿Ha estado mintiendo todo este tiempo? No es de extrañar que se sienta incómodo.

Me lamo los labios mirando la toalla que se eleva como una tienda de campaña. Debería comenzar a frotarle las piernas, amasando los poderosos muslos, trabajando mi palma en la cresta por encima de la rodilla, pero no tiene sentido. No con esa maravillosa erección saludando al cielo. No se relajará hasta que alguien le baje la excitación.

Ese alguien seré yo. *¡Hurra!*

Tomo una banda elástica de mi muñeca y me ato el pelo. Ya me he quitado mi chal boho, para soltar mis brazos y dejar libre mi escote pecoso en mi top con tiritas.

—Déjame hacer que te sientas más cómodo —murmuro y tanteo debajo de la diminuta toalla. Por todos los cielos, es impresionante. Agarro la base pulsante con una mano y tiro la toalla con la otra. La corona acampanada gotea y me paso la lengua para probarla...

Con gruñido feroz, Titus se levanta y atrapa mi barbilla.

—¿Haces esto por todos tus clientes? —Sus ojos normalmente grises brillan en un azul intenso, en contraste con el naranja y rojo que veo encima de su cabeza.

Su aura es realmente increíble. Veo la pasión, el calor, las llamas crepitantes tan intensas.

—¡Sunny!

Parpadeo. Me está hablando. Me pregunta algo. Algo importante... porque el rojo significa...

—Estás enfadado —respiro, asombrada por los fulgurantes colores del atardecer que le cubren.

Gruñe otra vez, pero su mano en mi barbilla, tan grande y poderosa que podría romperme sin pensarlo, es tierna. Sin embargo, no lo hace. Es infinitamente gentil y hace una mueca en el momento en que la camilla cruje bajo su enorme y musculoso volumen. Se ha pasado toda la tarde reparando mi autobús, trabajando con llaves inglesas y soltando palabrotas hasta que el motor ronroneó como un gatito. El masaje estaba destinado a ser un agradecimiento. Sabía que teníamos química... pero nunca me di cuenta de cuánta.

—Respóndeme —ordena. Tan mandón—. ¿Les haces mamadas a todos tus clientes?

Me sonrojo un poco. Creo en el amor libre, pero si otro hombre dijera lo que me insinúa, le abofetearía. En cambio, enarco una ceja.

—¿Se te pones dura cada vez que recibes un masaje?

Su pecho sube y baja, su aliento me sopla los mechones sueltos de cabello alrededor de mi cara. En un minuto va a explotar. Tanta ira. No me asusta. No. ¿Cómo sería esa cantidad de pasión desatada en la cama?

—No —gruñe.

Me cruzo los brazos sobre el pecho para mostrarle que no me intimida. Sus ojos se posan en mis pechos tersos, claramente delineados debajo de la ligera camiseta sin mangas.

Titus me echa una mirada tan salvaje y desesperada que me apiado de él.

—No les doy mamadas a mis clientes. Ni siquiera a los que me ayudan cuando mi autobús se descompone. —O a *los que me protegen cuando algo malo puede sucederle a mi hija.* Cuando le toco su rígido muslo, un músculo gigante salta bajo mi menuda mano—. Esto es para ti, Titus. Solo para ti.

La luz alrededor de su cabeza ahora brilla como oro.

—Mía —retumba con una voz tan profunda que apenas entiendo la palabra. Antes de que pueda protestar, me echa encima una inmensa mano y la desliza debajo de mi camiseta, sobre mi vientre plano para alcanzar un seno.

—Sin sujetador. Lo sabía.

—Nunca lo uso —le informo—. Ni bragas.

Suelta un ruido impotente y cae de rodillas en el suelo. Sus grandes manos me suben la falda acampanada antes de inclinarse, presiona la cara en mi coño desnudo e inhala. *Oh, cielos.* Me apoyo en la camilla, pues mis piernas se pusieron demasiado débiles para sostenerme.

—Titus...

—Tranquila. —Su mano izquierda, todavía debajo de la camiseta, aprieta el seno con fuerza—. Ya he tenido suficiente de tus vueltas, haciendo alarde de tu menudo cuerpo, ¡joder! —Los dedos de su mano derecha se deslizan en mi coño empapado—. ¿Cómo estás tan estrecha?

—Yoga —jadeo—. Mucho yoga.

—Quiero decir, aquí —retumba, follándome con los dedos—. Me aprietas como si fueras a quebrarme los dedos. ¡Joder!

—Ah, oh ... ¿eso? Ha pasado un tiempo... —¿Cuánto ha pasado desde que me follaron? Soy totalmente abierta con el sexo, pero he llegado a un período de sequía—. Han pasado muchas cosas. La mafia, mi hija en problemas

—Cállate —murmura contra mi coño con amabilidad—. Así es como va a suceder. Te voy a comer hasta que grites. Entonces te voy a follar hasta que grites un poco más.

Me lame la hendidura y se me doblan las rodillas.

—Titus —suspiro.

—Así es, nena. Di mi nombre. Yo soy el que te folla. Nadie más.

Ah, es tan deliciosamente posesivo. Me reiría, pero hay un resquemor en sus palabras. La opresión en su mandíbula habla de dolor. Alguien lastimó a este hombre grande y hermoso.

Pongo mi mano en su mandíbula.

—Esta noche, soy tuya.

Con un gruñido que raya en un rugido, me levanta y camina hacia el dormitorio, tras patear la puerta.

* * *

*Tres días después...*


La tenue luz del día cae sobre mi rostro. Me deslizo por debajo del gigante brazo tatuado de Titus y me muevo en la cama sin despertarle. Tiene el rostro más relajado de lo que ha estado toda esta semana. Desde el intento de masaje, apenas hemos salido de la cama y solo fuimos a una barbacoa con el hijo de Titus, Tank, y los de su club de motocicletas. Para ser un motero, Titus es bastante serio, pero ahora duerme como un angelito.

El buen sexo le provoca eso a un hombre. Mentalmente me lustro las uñas en la camisa. Yo lo hice.

Me acerco de puntillas a mi bolso y hago una mueca cuando la cama cruje, porque tiene una hendidura en un lado roto. *Vaya.* Me tapo la boca con una mano antes de reírme como una niña. Titus es exigente y controlador, pero ¿cuándo se suelta? La cama no es lo único que siente la fuerza de su pasión. Voy a estar dolorida durante días pero no me importa. El sexo es magnífico. Desenfrenado, salvaje, áspero. Creo que hasta Titus se asustó con lo mucho que me deseaba. Cuánto necesitaba reclamarme.

Tan ardiente.

Pero todas las cosas buenas llegan a su fin.

Saco una de mis tarjetas pintadas a mano, una acuarela de Cathedral Rock en Sedona, y la volteo. En el reverso utilizo un bolígrafo negro de caligrafía para escribir:

*Titus,*

*Gracias por todo.*

Me muerdo el labio inferior recordando el dolor que le surcaba el rostro. Una mujer le ha hecho daño a Titus, y por más pacifista que yo sea, le arrancaría los ojos a esa perra si la conociera. Pero no es mi lucha.

Punteo el bolígrafo contra la tarjeta. ¿Qué escribir? *¿Desearías estar listo para una relación? ¿Llámame cuando descubras qué quieres?*

En su lugar, escribo:

*Espero que nos volvamos a encontrar pronto.*

*Afectuosamente*

*Sunny.*

Listo. Corto y dulce. Dice todo lo que tengo que decirle.

Salgo sigilosamente del apartamento que el club de moteros me proporcionó la semana pasada y cierro la puerta suavemente. Le pediré a mi hija que recoja mi camilla de masaje y me la guarde hasta que regrese a Tucson. Ella echó raíces y encontró a su alma gemela aquí. Ahora está a salvo viviendo con el hijo de Titus. Foxfire y Tank estaban destinados a estar juntos.

Titus y yo... esa es otra historia. No sé lo que nos depara el futuro, pero irme es lo correcto.

Titus y yo tenemos mucha química, sin duda, pero soy demasiada carga para un hombre. La historia de mi vida. Él es como su animal espiritual: un lobo destinado a vagar libremente. Es un cazador, pero una vez que me tuvo, no supo qué hacer conmigo.

Y que me caiga una maldición si me quedo donde solo voy a salir lastimada otra vez.

Si nuestro destino es estar juntos, el Universo nos volverá a unir. Estoy segura de eso.

Camino de puntillas por la acera como una universitaria avergonzada que se escabulle de la casa de la fraternidad y me subo a Daisy, mi autobús VW, que se pone en marcha de inmediato gracias a Titus.

El camino se difumina mientras me alejo pero no miro atrás.

No puedo.

Irme es lo correcto, no importa cuánto me duela.

# Capítulo Uno

*Titus*

Aparco la moto en el puente de la garganta del Río Grande y camino hacia abajo para ver la escena al final del puente.

Y es un espectáculo. Hay vendedores reunidos a un lado, algunos con mesas instaladas, otros operando desde autobuses o en la parte trasera de camionetas. Se venden nueces. Miel local. Joyas. Los vendedores son una mezcla de nativos americanos y *hippies*.

Otro puente cruza el desfiladero del Río Grande a una altura nauseabunda de más de doscientos metros sobre el gigantesco cañón. Oigo a un guía turístico decirle a alguien que se trata de uno de los puentes más altos del país. Lo reconozco por *Easy Rider* y una de las películas de *Terminator*, mis favoritas.

Huelo el aire, captando el olor a café, helado, sudor. El sol pega más fuerte en la gran altitud y mi chaqueta de cuero de repente se siente demasiado caliente.

Me la quito y la tiro sobre el asiento de la moto. No sé por qué, pero tengo un buen presentimiento sobre esta área de descanso, como si fuera a obtener la información que necesito de uno de estos humanos que pululan por aquí. Hay una energía positiva crepitando en el aire.

Alguien sabe algo. Estoy aquí por una razón; puedo presentirlo.

Mi alfa me envió a hacer un seguimiento de la información que recibimos sobre otro laboratorio de Data X en la meseta alta de Nuevo México. Exploré Sandia National Labs, porque pensamos que podría estar allí, pero no capté ningún rastro de cambiantes. Revisé Roswell, debido a la tradición alienígena, pero tampoco encontré nada ahí. Puede que haya alienígenas, pero no olí ningún metamorfo.

Solo conozco a un lobo en Nuevo México y es un solitario. Sin manada, totalmente fuera de circuito. Tan fuera que no tiene teléfono, fijo o móvil. Han pasado años desde que le vi. Demonios, ni siquiera sé si todavía anda por aquí, pero me imagino que si alguna de las cosas extrañas que sucedieron con los de Data-X, cualquier prueba del gobierno sobre cambiantes o desapariciones ocurriera en su estado, él lo sabría.

Así que he venido al único lugar que sé que siempre frecuenta en verano: el área de Taos y Red River para pescar.

—¿Titus? ¡Oh, cielos! —Una voz femenina me detiene en seco y todo mi cuerpo reacciona con un torrente repentino de lujuria que se vierte en mis venas.

Joder.

Ella no.

No estoy preparado para verla en este momento.

Giro lentamente, y aunque estoy preparado para ver el brillo que es Sunny Hines, su belleza me pone de rodillas.

Flexiono la mandíbula, obligándome a respirar.

—Sunny. —Sale como un gruñido. Como una reprimenda, que supongo que lo es.

Esta mujer es un problema, un problema con mayúscula.

Una hippie amante de la libertad que pasó por mi vida hace dos años como un maldito huracán. Definitivamente dejó daños a su paso. Y ni siquiera me había dado cuenta de que tenía algo en juego con ella.

Vestida con una camiseta sin mangas, muestra sus brazos delgados y musculosos. Lleva su largo cabello rubio tejido en una trenza que cuelga sobre un delicado hombro.

Se abalanza hacia mí.

Uno no pensaría que una mujer tan menuda podría causar semejante impacto, pero tengo que prepararme para atrapar su peso, y no tengo más remedio que levantarla del suelo con un abrazo de oso. Sus brazos se enrollan alrededor de mi cuello como en un estrangulamiento.

—Por los cielos. ¡Sabía que te volvería a ver! Es genial. Qué sorpresa. —Apenas respira entre oraciones—. ¿Cómo están las cosas? ¿Has estado en Tucson para ver a los chicos?

Trato de liberarme del abrazo, principalmente porque la sensación de esos senos turgentes sin sostén frotándose sobre mi pecho es demasiado. Especialmente cuando se combinan con su aroma único. No sé qué es, probablemente incienso o pachulí, pero en ella, no huele mal. En ella, se siente como poder femenino mezclado con misticismo.

Huele a peligro.

Mi lobo no lo cree así. Cree que huele a placer hedonista.

Y está totalmente a favor de eso.

Pero yo no.

Joder, no. Esta hembra, esta hembra *humana*, es la última persona con la que necesito involucrarme. Si creo que cometí un error con mi primera compañera, sé sin lugar a dudas que esta es cien veces peor.

Al menos Bárbara se quedó unos años para ver a Titus Junior convertirse en un niño. Pero tal vez eso no sea justo. Por lo que puedo decir, Sunny es una gran madre soltera para Foxfire, la compañera de mi hijo. Y es tremendamente despistada. Parece una loca de remate.

Me aclaro la garganta tratando de dar un paso atrás, pero ella sigue en mi espacio personal. Maldita sea.

—Um, sí. Vi a los chicos hace unas semanas. Todo bien.

—¿Alguna charla de nietos? —La esperanza en su rostro es tan cegadora que quiero mirar hacia otro lado. La gente no debería mostrar sus emociones tan claramente. Es desconcertante. Me retuerce las entrañas.

—No —digo con bastante brusquedad—. Al menos, no que yo sepa. Pero no voy presionándolos con ese tipo de cosas. —La fulmino con la mirada como si fuera completamente inapropiado que una mujer de unos cincuenta años, una mujer que se ve jodidamente gloriosa para tener cincuenta años, quiera nietos.

Su expresión se atenúa ligeramente y se aparta.

Al instante me arrepiento de ser tan idiota. Mi lobo se agita inquieto, como si necesitara que lo arreglara lo antes posible. Antes de saber lo que estoy haciendo, extiendo la mano para tocarle el brazo.

Le *acaricio* el brazo como si tuviera derecho a tocarla de esta manera. A acariciar su tersa piel bañada de sol.

—Estoy seguro de que los nietos vendrán eventualmente. Todavía son jóvenes.

Algún tipo de dolor revolotea en su rostro, algo que no puedo descifrar, pero ella asiente y vuelve a sonreir.

—Bueno, ¿qué haces por aquí, Titus? Claramente no viniste a verme.

La idea de que haya venido a verla es ridícula y debe de saberlo porque un rubor le sube por el cuello. Puede que sea adorable ver a una mujer de nuestra edad sonrojarse, pero de nuevo, tiene que dejar de mostrar cada emoción cuando es tan peligroso revelar tanta vulnerabilidad. Especialmente en una mujer como ella, que vive sola en esa maldita caravana. Cualquiera podría aprovecharse.

Y ese pensamiento me eriza la piel de ira.

—Estoy en un asunto oficial de la man... perdón, del negocio del club. —No estoy seguro de si Sunny entiende completamente qué somos, pues vive en una dimensión diferente. Para ella, todos tienen un espíritu animal que puede ver con su tercer ojo. Así que ve al mío como un lobo. A su hija que ve como una zorra, la llamó Foxfire. Pero ¿realmente entiende que somos metamorfos? Esa parte no está clara.

Si fuera un tipo diferente de humana, probablemente habría sido necesario decírselo, pero ella lo acepta todo como si nada. No creo que haya visto un metamorfo en su verdadera forma animal. Tank le juró a su alfa que Sunny no sabía nada, de todos modos. No creo que sepa que es algo real, en vez de un espíritu animal.

Cuando vino a la carrera de manada de mi hijo, aquella noche en la que iluminé el cielo con fuegos artificiales para darle la bienvenida a su hija, como Sunny no es miembro, la llevé a dar un paseo en mi motocicleta llegado el momento en que todos se transformaron en sus animales y corrieron.

Ahora me mira, perpleja, esperando más.

—Es un negocio privado —añado, seguro de que no voy a entrar en detalles con ella.

—Oh. Bueno, genial. ¿Tienes un lugar para quedarte?

Miro a mi alrededor en busca de su caravana Airstream, pero no la encuentro. Veo su autobús VW aparcado en el borde del desfiladero. Daisy, creo que lo llama. Sí, una locura. ¿Cómo demonios me lo perdí antes? Trabajé en esa chatarra durante una semana completa porque no quería que se arriesgara a una avería conduciendo con esa antigua pila de tornillos y pernos.

Todavía no tengo un plan de dónde dormir, pero el destino sabe que nunca cabría en el Airstream, si es donde todavía se aloja. No es que piense en volver a acercarme a ella y a una cama, de todos modos.

—Ya se me ocurrirá algo —le digo.

Su sonrisa se desvanece.

Mi lobo me odia.

—Sí, claro. Bien. Bueno, si quieres tomar una cerveza o algo mientras estás...

—No lo creo —la interrumpo. Necesito alejarme de esta hembra antes de que me atrape en su red femenina nueva-mente. Todavía recuerdo que me sentí destrozado cuando se fue la última vez—. Pero gracias.

—¡Sunny! —Un humano guapo, pero claramente débil e inferior, grita desde una mesa cercana—. ¿Das clase de yoga en la azotea esta noche?

*Oh, no, no.*

Creo seriamente que este imbécil me está desafiando. Puede que ni siquiera entienda su propio comportamiento —los humanos son idiotas con las dinámicas de orden en la manada, aunque las practiquen todos los días— pero puedo garantizar que me vio hablando con Sunny y su naturaleza le impulsó a entrometerse.

Idiota.

Sunny gira su rostro brillante en su dirección.

—¡Sí! ¿Vienes?

—Por supuesto. Estoy deseando abrir mis caderas contigo, bajo la puesta de sol.

Sunny resopla y apacigua parcialmente a mi lobo. Realmente me gustaría ir y darle un puñetazo en las entrañas a este tipo. Enseñarle a no husmear en mi territorio.

¡Ey!

*Cálmate, Titus.*

Esta mujer definitivamente no es mi territorio. No la he marcado ni planeo hacerlo. La última vez que me apareé con una hembra terminó mal. Perdí mi posición en el grupo y le arruinó la vida a mi hijo.

Sin embargo, soy incapaz de alejarme y dejar que este tipo abra sus malditas caderas con Sunny esta noche.

—¿Qué es el yoga en la azotea? —gruño.

A Sunny se le ilumina la cara.

—Doy clases de yoga al atardecer, en la azotea de una de las cantinas de la plaza. ¿Por qué? ¿Vas a venir? —Se cruza los brazos sobre el pecho y pone una mirada burlona

Mi lobo nunca retrocede ante un desafío.

Nunca, jamás.

Balbuceo mientras trato de responder.

—Sí. —La sílaba se tambalea en mis labios—. ¿A qué hora?

—Siete en punto. —Sus ojos todavía bailan divertidos—. Pero probablemente no tengas ropa con la que puedas estirarte.

¿Me está despachando?

Miro al idiota con mala cara.

—Ya se me ocurrirá algo.

—Vale, genial. —Hay una falsa alegría en la voz de Sunny ahora y no me gusta nada. ¿No me quiere allí? ¿Realmente quiere tener una cita de yoga con el idiota? Ella se aleja un par de pasos de mí—. Te veré allí, entonces.

—Espera, ¿dónde exactamente?

—En la azotea de La Cantina. Sigue a la multitud con esterillas de yoga, no te lo puedes perder.

Esterillas de yoga... joder.

Como si leyera mi mente, dice:

—Te llevaré una esterilla. —Me echa un guiño antes de alejarse, el pavoneo de sus caderas se imprime en mi cerebro como una señal hipnótica para la lujuria.

Oh, demonios. ¿Qué acabo de hacer?

He venido aquí por el asunto de la manada y me dejo distraer por una mujer. Hay un patrón que es extraño. Las mujeres son un problema para mí. Me echaron de mi manada por una mujer. Tank y yo vagábamos como mendigos hasta que Emmett Green nos aceptó en su manada de Wolf Ridge, Arizona, al norte de Phoenix. Y ahora, después de cinco minutos con una humana bonita, estoy listo para ignorar mis órdenes y aprovechar al máximo la actividad más ridícula del planeta: el yoga en la azotea.

Debo de estar fuera de mis cabales.

* * *

*Sunny*

Oh, Señor.

Olvidé el atractivo de Titus. Enorme, viril, musculoso. Inamovible como una pared, tanto física como emocionalmente.

Pero él es un macho alfa, así que cuando Chas me preguntó sobre la clase de yoga, no pudo evitar lanzar su polla al ruedo. Sí, metáfora mixta. Mi especialidad.

Es emocionalmente inmaduro.

Y ligeramente halagador.

Bueno, podría haber sido halagador si no me hubiera rechazado antes. Así que simplemente lo hizo porque está molesto. ¿Como si no me quisiera, pero a nadie más se le permite tenerme tampoco? No creo.

*No voy a jugar a ese juego, grandullón.*

*No voy a jugar ningún juego contigo. Si me quieres, ven a buscarme. Pero si todavía no estás listo, no me hagas perder mi tiempo. Tengo una vida que vivir.*

Vuelvo a mi mesa y empiezo a empacar cosas para la noche. No he vendido una sola pieza hoy. Así es como funciona. Esta mañana, el día no pintaba nada bien cuando me desperté, pero tenía que salir e intentarlo. No me preocupo, el dinero siempre aparece cuando lo necesito. El Universo me respalda, seguro.

No me rindo al *ay de mí, soy una artista muerta de hambre,* porque sé que puede convertirse en una identidad y no es una que vaya a elegir.

Me pongo al volante de mi autobús y lo arranco. Daisy todavía anda de maravillas gracias al hombre rudo del que acabo de alejarme.

Miro a mi alrededor para ver dónde ha aparcado y le veo montado en su moto clavándome la mirada. Levanto mi mano con un saludo demasiado alegre que él no reconoce. En cambio, arranca la moto y acelera con un rugido.

Testosterona pura.

El tipo tiene demasiada.

Definitivamente no es un hombre sensible de la nueva era. Es como una mezcla de King Kong con el hombre de las cavernas. Y, sin embargo, todavía siento que podría ser el indicado. Hay algo en mí que se siente vibrante cuando estoy con él. Como si pudiera ser mi alma gemela. Mi media naranja. Mi compañero divino.

Pero tiene la cabeza tan metida en sí mismo que no reconocería a su alma gemela si le bailara desnuda enfrente.

Tiene anteojeras para casi todo, excepto para su precioso club de motociclistas. Y aunque sea tan grande, fuerte y feroz, no sabe que a veces la vulnerabilidad requiere más coraje. Exponerse a sí mismo. Arriesgar el corazón. Las emociones. El alma misma por amor.

Pero no soy nadie a quien emular. Me han lastimado demasiadas veces. No voy a abrir la puerta para que Titus entre, a menos que sepa con certeza que esta vez está listo y funcionará.

Así que sí, supongo que soy tan cobarde como él.

Conduzco hasta la plaza y aparco en el aparcamiento, luego cierro las cortinas en las ventanas del autobús para ponerme mi ropa de yoga.

El yoga en la azotea es el punto culminante de mi semana, especialmente ahora que es verano y ya no necesitamos la calefacción. Recojo las esterillas y empiezo a caminar hacia la plaza, saludando a mis amigos y estudiantes que también convergen en el sitio.

Taos tiene una gran comunidad, una mezcla de tres culturas diversas: los descendientes de los colonos españoles originales que todavía hablan español y ocupan todos los cargos gubernamentales; los nativos americanos, que poseen la mayor parte de las tierras de la zona, y los hippies que llegaron en los años sesenta y abrieron las tiendas bohemias.

Me encanta, pero no siento que vaya a instalarme aquí para siempre. Vivo esperando la llegada de nietos. Si Foxfire quedara embarazada, regresaría a Arizona en un abrir y cerrar de ojos.

Subo las escaleras hasta la azotea donde Tara, la dueña de la cantina, prueba el equipo de sonido.

—Hola, cariño, ¿cómo te va? —Extiende su mano para

coger mi teléfono, que se conecta al altavoz. Pensó que estaba loca cuando presenté mi idea de yoga al atardecer en su azotea el año pasado, pero ahora que ha visto cómo atrae a una gran multitud que se queda para comer y beber después, hace todo lo posible para complacerme.

—Bien, totalmente bien.

Tara me mira con los ojos entrecerrados.

—¿Sí? No pareces relajada como siempre.

Fuerzo una risa y me froto los labios.

—Hay un tipo que viene esta noche.

—Ooh. —Ella agita las cejas—. ¿Cuál?

Sí, Taos es así de pequeño. El chiste es que una vez que hayas salido con todos los solteros elegibles de la lista, no tienes más remedio que reiniciar y comenzar otra vez desde el principio.

Sacudo la cabeza.

—Un tipo de Arizona. Nos enrollamos una vez, pero... No le gustan mucho las mujeres.

Ella frunce los labios.

—Suena como un perdedor para mí. Tal vez debas dejarle seguir de largo.

Algo me revuelve las entrañas. Casi como si estuviera ofendida en nombre de él. Titus no es un perdedor. Es un ser humano hermoso con defectos, como todos nosotros. Tengo total aceptación de quién es él. Solo debo escuchar mi intuición para decidir si es lo mejor para mí involucrarme con él.

Tara ladea la cabeza.

—Ah, realmente te gusta, ¿no? Bueno, ¿está cerca? Quiero conocerle.

—Supuestamente viene a la clase de yoga, aunque no puedo imaginarme cómo se las arreglará. Tiene la constitución de un semirremolque y la misma flexibilidad.

Ella suelta una carcajada.

—Entonces es así como te gustan. No lo hubiera imaginado. Te habría vinculado con los flacuchos del yoga. Pero vale, vamos por los opuestos, ¿no?

Niego con la cabeza.

—No voy a por este —digo, como si ya hubiera tomado una decisión.

Sin embargo, una pizca de esperanza en el centro de mi pecho se marchita cuando las palabras salen de mi boca.

—Ajá. —Tara me entrega mi teléfono, que ahora está conectado para reproducir mi lista de ritmos. Le quito los auriculares y me los pongo, probando el micrófono.

La comunidad se presenta. Chas llega y coloca su esterilla justo delante. Después de esa estúpida exhibición en el desfiladero, ni siquiera puedo mirarle.

La azotea se llena con al menos veinticinco personas. Hay gente de toda la gama de edades y habilidades. No soy tan egoísta como para creer que vienen por mí o por mi enseñanza, les encanta el ambiente. La azotea. La puesta de sol. La música y el formato relajado pero genuino de las clases. Hay jóvenes y mayores, madres y adolescentes, guías de rafting súper musculosos, otros yoguis y un conglomerado de caras amables.

Saludo a mis amigas, Adele, la chocolatera; Charlie, nuestra oficial de correo, y Sadie, una maestra de jardín de infancia, mientras despliegan sus esterillas en sus lugares habituales.

Coloco las manos delante del corazón y hago una reverencia.

—Bienvenidos todos. Namasté. Por favor, siéntense en postura de medio loto en sus esterillas si les resulta cómodo. —Respiro hondo para darles mi breve sugerencia para la meditación de esta noche. Tenía pensado hablar de la tolerancia hacia los demás, pero ya no me parece relevante—. El yoga es una práctica con ritmo. Hay una sincronización entre la respiración y el movimiento. Saber cuándo moverse, cuándo aguantar, cuándo soltar, cuándo recuperarse. Así es la vida. Prestar atención a los tiempos hace toda la diferencia. No presionen cuando algo no esté listo. No duden cuando algo esté maduro. Esta semana, a medida que avanzamos por la vida, hagamos la pregunta: ¿es el momento adecuado para esto? ¿Debo esperar mi tiempo o debo arriesgarme? ¿Cuándo es el momento de soltar lo viejo? ¿Cuándo es el momento de traer lo nuevo?

Me quedo callada, permitiéndoles un momento de silencio para reflexionar sobre ello.

—Cierren los ojos. —Espero a que obedezcan—. Comenzaremos con tres oms. Por favor, suelten el aire. Y después de la inhalación, comenzamos. —Hago el tono cuando la enorme figura de Titus aparece en las escaleras.

Lleva una camiseta azul marino que se amolda a sus abultados músculos y un par de pantalones cortos de chándal. Se ve tan fuera de lugar e incómodo como una monja en un club de desnudistas, así que asiento durante mi om y señalo la esterilla que le extendí al final de la primera fila.

Frunce las cejas, pero se desplaza hacia el lugar e, hilarantemente, intenta sentarse con las piernas cruzadas. La zona lumbar y las caderas del pobre hombre están demasiado tensas para permitirle que sus rodillas se abran o que su columna vertebral se enderece. Tendría un poco más de conmiseración si no me mirase como si estuviera loca de remate.

Conozco esa mirada. La he recibido toda mi vida.

Pero Taos, particularmente esta clase, es un lugar donde puedo ser yo misma. Así que a la mierda con él.

Terminados los tres oms, prosigo:

—Y ahora pónganse delante de la esterilla en Tadasana o postura de la montaña.

Titus frunce la frente mientras lucha por ponerse de pie. Desvío la mirada por temor a herir demasiado su orgullo.

—Comenzaremos con nuestros saludos al sol. Inhalen con los brazos hacia arriba. Y exhalen hacia adelante. Las puntas de los dedos en el suelo, las manos en las espinillas al inhalar, levanten la cabeza, la mirada. Exhalen, soltando la cabeza. Echen el peso en sus manos y den un paso o salto hacia atrás, para quedar en posición de tabla con la inhalación. Exhalen empujando hacia atrás, a postura de perro mirando hacia abajo.

Pobre Titus. Fue tan malo de mi parte tentarle a venir. Camino hasta donde él lucha por doblar sus caderas hacia el cielo.

—Eso es —murmuro, aunque mi voz se amplifica para que todos la escuchen. Coloco la base de mi mano sobre su sacro y aplico una leve presión, alentando a su pelvis a inclinarse para que se incorpore.

Exhala con fuerza.

—Pisa fuerte con los pies, doblando una rodilla y la otra para estirar las pantorrillas.

Deslizo las manos alrededor de la parte delantera de su pelvis, con los pulgares en su espalda para estirarle un poco más.

Juro que oigo un gruñido bajo salir de su garganta. No es amenazante, pero mi cuerpo le responde automáticamente. Aparto las manos y doy un paso atrás.

Vale, amigo. Sigue solo.

* * *

*Titus*

Esta mujer me está matando.

En serio. Podría morir. No solo por el estiramiento que se me da fatal. Sin embargo, soy un lobo rudo. Indestructible. Puede dolerme ahora, pero me recuperaré en veinte minutos. El problema es la provocación para mi polla.

Tengo a la menuda señorita Yogi rodeándome las caderas con esas manos perfumadas tan cerca de mi polla, y solo hay una cosa que pasa por mi mente. *Follarla.*

Me urge la necesidad de poner a esta mujer de rodillas y mostrarle un mejor uso para ese cuerpo elástico y ágil.

Y lo peor es que cada vez que camina cerca de mí, guiándonos con esa voz cantarina, me provoca una media erección, que es realmente difícil de ocultar en estos pantalones cortos de gimnasia.

Esto es pura agonía. Fue una idiotez absoluta lo que me impulsó a venir. Excepto que el idiota del desfiladero está al frente y al centro, tratando de mostrar su destreza. Así que sí. No me voy. Y soy un lobo. Mi cuerpo debería hacer cualquier cosa, incluso si tengo más de cincuenta años. Puede que nunca me haya movido de esta manera en toda mi vida, pero está muy bien que lo haga. No voy a ser superado por un chico bonito.

—No es necesario presionar —entona Sunny con esa voz musical. Por supuesto, se dirige a mí—. El yoga no se trata de esforzarse. Consiste en aceptación. Conocer los límites. Saber dónde está el cuerpo hoy, no dónde se quiere que esté. Honrar el cuerpo. Seguir el propio conocimiento.

Oh, por el amor de Dios. Quiero que se calle. Que se calle con mi polla metida en su garganta.

De acuerdo, eso es crudo e irrespetuoso. Mi lobo se está

alborotando demasiado. *Cálmate. No puedes follarla.* No vamos a seguir ese camino otra vez. Las hembras son una distracción que claramente no puedo manejar, considerando que estoy aquí arriba empujando mi trasero hacia el cielo, en lugar de seguir el rastro que se me ordenó.

Y ni siquiera es una loba.

Soy tan patético que da miedo.

Sunny dirige al grupo a una loca posición de equilibrio de brazos: la postura del pavo real. Esta la puedo hacer. Tengo fuerza de abdomen y de brazos con creces. Presiono los codos debajo de mis costillas, aplano las palmas en la esterilla y extiendo las piernas hacia atrás, paralelas a la esterilla.

La gente a mi alrededor se da cuenta y murmura con aprobación.

Cómete esta, chico bonito.

—El yoga es una práctica personal. No hay necesidad de compararse con los demás. No hay competencia.

Sunny se vería más guapa con una mordaza. Una mordaza rosa brillante que combine con todos los colores que le gusta usar. También se vería encantadora atada. Desnuda, por supuesto. Muñecas atadas en otro color brillante al cabezal de mi cama. Sin embargo, dejaría sus pies libres para que pueda mostrarme cuánto se abren esas piernas. Cuán flexible puede llegar a ser con mis manos sobre ella.

Oh, gracias al cielo. La clase finalmente ha terminado. Al menos eso creo, ya que quedamos acostados boca arriba con los ojos cerrados sin hacer nada. Postura del cadáver, creo que la llamó.

Oh, ahora esta alocada mujer camina y le frota aceite a cada persona en el cuello alejando la cabeza de los hombros.

Mi lobo comienza a gruñir. No le agrada que toque a todos los cabrones de la clase.

Cuando llega a mí, el aroma exótico del aceite me calma y me excita a la vez. Me intoxica. ¿O es el aroma de ella? No, tiene que ser el aceite. No es como si una humana pudiera tentar a un metamorfo.

Excepto que sé que es una mentira.

En mi época, estaba prohibido aparearse con humanos. Definitivamente prohibido reproducirnos con ellos. Pero parece que las cosas están cambiando. El hijo de mi alfa tomó a una humana como compañera y varios de los miembros de su manada han seguido su ejemplo.

Pero todavía no veo cómo funciona. Un lobo no tendría el instinto de marcar a una humana como pareja. Está biológicamente fuera de lugar y es posible que la descendencia ni siquiera sea capaz de transformarse en el animal. ¿Por qué un animal elegiría una pareja permanente tan claramente inferior?

Cuando los pequeños pero hábiles dedos de Sunny acarician los tensos músculos de mi cuello, un estruendo bajo se escapa de mi pecho antes de que pueda contenerlo. Es casi un ronroneo, como si fuera un maldito metamorfo felino.

Cuando me toca el entrecejo, al instante caigo en un estado meditativo. Mi mente se aquieta. Profundamente.

Quiero reflexionar sobre cómo es posible pero los pensamientos parecen no tener importancia. El ritmo lento de la música se mece en mi cuerpo y los latidos de mi corazón se sincronizan con él. Siento un hormigueo. Me siento vivo. Conectado.

No es una sensación familiar y, sin embargo, es como volver a casa. Conozco este espacio.

No sé cuánto tiempo durará. No hay tiempo. ¿Cinco minutos? ¿Una hora?

Desde una gran distancia, la voz de Sunny se filtra en mi cabeza con la suave sugerencia de que ruede hacia un lado y empuje hacia arriba para sentarme. Mi cuerpo obedece sin que mi mente se dedique al pensamiento.

Parpadeo, abro los ojos y me encuentro sentado en la esterilla, frente a la exótica figura de Sunny, fascinado por la cadena de mariposas tatuadas alrededor de su brazo.

Dice algunas tonterías para terminar y guía a la clase con otro sonido om; mientras todo el tiempo me quedo sentado mirándola, intentando averiguar qué me intriga tanto de esta humana.

Tanta intriga es peligrosa. Me va a sacar de mi misión y es algo que simplemente no puedo permitir. Resuelvo levantar el culo de la esterilla y salir de aquí, pero la voz musical de Sunny se convierte en otra invitación.

—Gracias a todos por acompañarnos esta noche. La Cantina tiene ofertas especiales de comida y bebida para todos, así que si desean quedarse y socializar, me encantaría contar con ustedes. Namaste.

Oh, joder, no.

Por supuesto que el chico bonito se va a quedar. Es por eso que le gusta tanto el yoga en la azotea. Puede ver a Sunny en sus pantalones de yoga *y* quedarse a tomar algo con ella. Es como una cita para él.

Efectivamente, el tipo tiene una gran sonrisa mientras se mete la esterilla enrollada bajo el brazo y va a pararse a su lado.

Me salto la parte de enrollar la esterilla y la llevo en mi mano mientras me acerco.

Sunny dirige su atención hacia mí pero con desaprobación.

—Gracias, Titus —dice secamente, quitando la esterilla de mi puño cerrado.

Gruño una advertencia baja en dirección al niño bonito.

Él responde acercándose a Sunny.

—¿Lista para una bebida?

Para mi satisfacción, ella se aleja unos centímetros.

—Estaré allí en un momento. —Gira su rostro resplandeciente en mi dirección—. Titus, ¿vienes con nosotros?

El niño bonito se decepciona.

A mi lobo le encanta. Y mis planes de marcharme fracasan.

—Sí. Vale—. Mi voz suena oxidada. Me aclaro la garganta—. Suena bien.

Sunny tira de la cola de caballo que estaba en lo alto de su cabeza y deja que su largo cabello rubio le caiga en cascada sobre los hombros.

—Entonces vámonos.

# Capítulo Dos

S*unny*

No sé qué me poseyó para invitar a Titus a tomar cócteles. Este no es su grupo. Definitivamente no es su lugar. Pero supongo que no estoy dispuesta a decirle adiós todavía, cuando estar cerca de él me enciende todo el cuerpo como un árbol de Navidad.

Le tomo la mano y lo llevo al restaurante. No sé por qué se la agarré, tal vez para enviarle un mensaje a Chas, cuya atención se torna demasiado molesta. Tal vez sea para enviarle un mensaje a Titus, de que todavía me interesa.

De cualquier manera, es un gesto demasiado íntimo. El aire entre nosotros se carga. Titu se ahoga con un suspiro y a mí se me tensan los pezones.

Chas nos mira y lo asimila con una expresión de decepción.

Titus gruñe como una bestia salvaje.

Es como un Animal Kingdom extraño y ardiente como el infierno.

Me deslizo en el enorme asiento circular de la mesa donde Adele, Charlie, Sadie, Chas y algunos otros yoguis se reúnen. Todos se mueven para darle espacio a Titus, que frunce el ceño como si no estuviera seguro de cómo llegó aquí. O por qué me siguió.

Sin embargo, esa parece ser su reacción hacia mí siempre. Como si no pudiera soportarme pero al mismo tiempo se sintiera demasiado atraído por mí como para alejarse. Creo que también podría estar enfadado por la forma en que me me marché aquella vez. Definitivamente capto la reticencia. Junto con todo los juicios.

Pero estoy acostumbrada. He sido demasiado para los hombres, para la mayoría de las personas, toda mi vida. Por eso me gusta Taos, donde la locura es la norma aquí. Encajo perfectamente.

—La clase fue genial hoy, Sunny. —Sadie, la menuda maestra de jardín de infancia, me sonríe.

—Sí, fue genial —repite Charlie—. Me sentí un poco mareada en el final, pero es porque hago una dieta totalmente líquida. —La camarera nos sirve agua a todos y coloca una bebida frente a Charlie. Debe de haberla pedido en el bar tan pronto como llegó.

—¿Entonces bebes cerveza? —Adele arquea una ceja. Charlie se traga su bebida y se lame los labios. Los ojos de Sadie se abren de par en par.

—No, es sidra. —Charlie deja el vaso con un golpe—. No me mires así. Es prácticamente fruta.

Adele sacude la cabeza luciendo serena y arreglada como siempre. Aun después de la clase, sus brillantes rizos castaños son perfectos. Se vuelve hacia Titus.

—Hola, soy Adele, no creo que nos hayamos conocido. —Mi amiga se inclina sobre la mesa y le ofrece la mano a Titus.

Titus se levanta como si quisiera ponerse de pie, golpea

la mesa y derrama la jarra de agua helada que dejó nuestra camarera.

No suelo ponerme celosa o sentirme insegura, pero una sensación desagradable me oprime el plexo solar. Mis amigas son mucho más jóvenes y lindas que yo. Mientras que Sadie tiene la edad de Foxfire, aquí estoy yo con mis canas mezclándose con el rubio de mi cabello, haciéndolo parecer más claro de lo que realmente es.

—Este es Titus, el padre de mi yerno —explico mientras todos comienzan a ofrecerle su nombre y su mano.

—¿Has venido a visitar a Sunny? —Sadie pregunta y sus hoyuelos la hacen parecer aún más joven. Es la maestra favorita del pueblo y es fácil ver por qué. Dulce, hermosa y aparentemente inocente, es casi perfecta. Cada padre trata de tener a su hijo en su salón de clases. Escuché que la directora puso una estricta regla de "no solicitud" después de que los padres recurrieron a acampar en su despacho.

Titus se mueve incómodo en su asiento.

—En realidad, no sabía que Sunny estuviese aquí. Hoy nos encontramos en el puente del desfiladero.

Sadie prolonga su sonrisa y la ilumina un vatio.

—Vaya afortunada —respira.

Casi resoplo. Dudo que Titus comparta esa impresión.

Cuando aparece nuestra camarera, pido una margarita y nachos. Titus, enchiladas y un burrito, a pesar de la advertencia de que el burrito es enorme.

—Oh, estoy segura de que se lo comerá todo —le digo, recordando cuánto engulle. Supongo que, cuando se es tan corpulento, el metabolismo funciona como loco.

Charlie brinda con su sidra.

—Titus, ¿has tomado clases de yoga antes? —De todas mis amigas, es la más juvenil, lleva un corte de pelo *pixie* y la silueta escondida debajo de una camiseta *Namaste,*

*Motherfuka* a la que le ha soltado el cuello, así que cuando se inclina hacia adelante, un indicio de su impresionante escote aflora.

El fastidio de los celos vuelve a surgir.

—Primera y última vez —retumba la voz de Titus.

Todos se ríen y él me mira.

—Sin ofender, sol.

Creo que ambos nos sorprendemos de que esa expresión salga de su boca tan naturalmente. Aunque no es gran cosa. Mi nombre Sunny significa "soleado", después de todo. Sin embargo, de alguna manera es diferente viniendo de sus labios.

Titus parece incómodo, como si deseara que dejaran de hablarle, así que redirijo la atención.

—Charlie, ¿cómo va el negocio de correos?

Se encoge de hombros.

—Igual... Sin embargo, a alguien le enviaron grillos a su apartado postal y cantaron todo el día. Nos volvieron locos a todos.

—Oh, grillos. Debería conseguir algunos para mostrarles a mis alumnos. Les encantaría. —Sadie inclina la cabeza hacia un lado, adorable mientras piensa.

—¿A Scott no le encantará? —bromea Charlie.

La mirada de Sadie cae sobre la mesa.

—¿Sadie? —Adele se da cuenta de inmediato—. ¿Estás bien? ¿Pasó algo con Scott?

—Decidimos romper —dice Sadie suavemente.

—Oh, no —gruñe Charlie—. Ese tonto. ¿Te engañó?

—Eso no es lo que ella dijo —protesta Adele, pero el dolor se refleja en la cara de Sadie—. Oh, no, no lo hizo. —Adele cambia al modo mamá osa—. Voy a acabar con él.

—Vale —susurra Sadie y Charlie la rodea con un brazo.

—Maldita sea, estará bien después de que le arranquemos la cabeza. Los hombres apestan. —Ella se vuelve hacia Titus—. Te excluyo, por supuesto. —Noto que no mira a Chas.

—Nunca tengas citas en este pueblo —le aconseja Adele a Titus, que parece que quiere huir hacia las colinas—. Es una vitrina para el escrutinio.

—Bebe esto —Charlie le acerca su sidra a Sadie, a quien nunca he visto beber nada más fuerte que una Coca-Cola—. Te dará fuerzas.

—No quiero fuerzas —chilla Sadie, pero bebe.

—Nunca te vi con él. Era tan... —Adele hace una mueca — falso. Lo opuesto a ti, cariño.

—Los opuestos se unen —agrego—. Vaya, me refiero a *se atraen*. —Me palmeo los labios para disculparme por la palabra. Siempre cambio expresiones. Es un típico de mí.

—Tienes toda la razón. Mi ex es raro. Totalmente directo, sin tacto. Completamente opuesto a mí —anuncia Charlie—. De todos modos, Sadie, sé lo que necesitas. ¡Una aventura de una noche!

Sadie se atraganta con la sidra.

Titus se pellizca el puente de la nariz. No esperaba encontrarse en medio de una charla de mujeres.

—¿Te duele de cabeza? —murmuro.

—Sí.

Miro con mi ojo interno su campo áurico y veo una gigantesca nube gris sobre su cabeza.

—¿Puedo limpiar tu energía?

Odio esta parte. Tengo mis dones pero no puedo meterme con la energía de la gente sin permiso, y para obtenerlo, tengo que explicar algo que probablemente no entenderán o creerán.

—Solo di que sí.

Sus ojos grises son pensativos, pero asiente con la cabeza.

—Está bien.

Me imagino una gran aspiradora sobre su cabeza que succione la nube gris, manteniéndola hasta que todo rastro haya desaparecido. Luego infundo su aura con una suave luz rosa púrpura.

—¿Mejor?

Titus frunce el ceño y se toca la sien.

—Uh, sí. Realmente se ha ido.

—Vale. —Vuelvo a la conversación de la mesa y me uno de nuevo, ignorando el escrutinio que siento de Titus y bebiendo mi margarita más deprisa de lo que debería.

No puedo dejar de pensar en lo que sucederá después. ¿Se quedará? ¿Me acompañará al autobús? ¿Me invitará a su casa? ¿O va a decirme adiós y buen viaje? Mi intuición no me hace ningún bien en esta situación, que creo que se relaciona con su indecisión. Como si no hubiera tomado su propia decisión.

Y tampoco puedo decidir qué quiero.

No es cierto, definitivamente quiero sexo con Titus.

*Esta noche.*

Pero me sobresalto demasiado cuando él está cerca. Me excito y me apego a un resultado, lo cual siempre es malo. Ese resultado no es que se vaya en la Harley después de un *bam, bam, gracias, señora.*

Me disculpo para ir al baño y paso por encima de Titus para salir de la mesa circular en forma cabina.

Gran error.

Pierdo el equilibrio —¿o tiró de mí? Aterrizo en su regazo y... *Hola, grandullón.*

Definitivamente está feliz de tenerme. Grande como recordaba.

—Joder —maldice Titus, su aliento golpea la parte posterior de mi oído, su gruñido despierta cada parte de mí que no haya estado ya en alerta sexual máxima.

Tiene una mano en mi cadera y me lleva más hacia su regazo al mismo tiempo que gira las caderas para mostrarme su erección. Pero luego, con la misma rapidez, me levanta. No, prácticamente me lanza.

El tipo es muy fuerte. Quiero decir, ¿quién puede levantar el peso muerto de una mujer mientras está sentada?

Me catapulta al piso tan de golpe que me tropiezo. Mi coño está mojado por el encuentro, tan mojado que temo que se verá a través de mis pantalones de yoga. Me voy al baño lo más deprisa que puedo.

Cuando regreso, encuentro dinero en efectivo en el lugar de la mesa donde Titus se había sentado.

Aunque sabía que se avecinaba, no estoy preparada para sumirme en la decepción que me hace caer en un pozo sin fondo.

* * *

*Titus*

¿Qué estoy haciendo?

¿Qué diablos estoy haciendo?

Me encuentro dando vueltas alrededor del autobús VW de Sunny en el aparcamiento al otro lado de la calle de la plaza, cuando tenía la intención de marcharme de aquí, subirme a mi moto y conducir bien lejos.

Era un plan sólido.

Está bien, a la mierda el plan. Era el plan de un cobarde.

Cuando Sunny se fue al baño, tenía una erección tan grande como el edificio Sears y tampoco podía controlar a mi lobo. Así que huí.

Pero ahora no puedo atreverme a irme y me molesta seriamente. Maldita sea esa humana alocada y hermosa. La idea de herir los sentimientos de Sunny no debería ser un factor tan importante, pero lo es.

Bueno, es la madre de mi nuera. Es como de la familia. No me gustaría ofender y enfadar a Tank o Foxfire.

O a Sunny.

Sí, todo se trata de Sunny.

Hay algo mágico y místico, y joder, sí, *raro*, en esta mujer. Y eso no molesta en absoluto a mi lobo. Así que he permanecido aquí como un acosador, pero pensando si debo quedarme o irme. Y sí, la canción de Clash resuena en mi cabeza. Me gustaba el punk en el instituto. Mohawk y todo.

En cuanto capto el aroma de Sunny, sé que es demasiado tarde. Por alguna razón eso me molesta aún más. Doy vueltas y cruzo los brazos sobre mi pecho y me apoyo contra el autobús VW, que hace un chirrido con mi peso.

—Titus —suena sorprendida.

Y parece herida.

Joder.

Ni siquiera sé qué decirle. No sé qué quiero de ella. Ni con esto. Así que me quedo mirándola, gruñendo.

Ella se detiene.

—Estás enfadado. ¿Por qué?

Mis fosas nasales se encienden al inhalar su aroma a incienso y naranja y mi polla se pone dura como una roca. Mi lobo se asoma ahora, tanto que no puedo pensar con claridad.

—No estoy enfadado —gruño. Mi erección palpita bajo los delgados pantalones cortos de gimnasia.

Ella inclina la cabeza hacia un lado en un gesto de animal, similar a la forma en que se veía antes de pedirme permiso para despejarme el dolor de cabeza. Como si estuviera usando sus sentidos más allá de la capacidad humana normal.

Abre los ojos de par en par y luego su mirada cae a mi polla hinchada.

—Oh.

Cielos.

Y eso es todo. Mi lobo ha tenido suficiente.

Antes de que pueda detenerme, mi mano se dispara para agarrarle la nuca y la giro hasta que su cuerpo da contra el autobús. La estampo contra él y mi boca devora la de ella.

—Joder —retumbo en sus labios, justo antes de meterle la lengua en la boca.

Separa los labios y me chupa la lengua devolviéndome el beso. Apoya las manos en mis hombros, pero no me aparta, al contrario.

—Sube a este maldito autobús —gruño y mi cortesía desaparece—. Ese coño es mío esta noche.

Sunny busca a tientas la puerta, aparentemente tan desesperada como yo. Le doy una nalgada.

—Oh, Titus. —Hay una risa en su voz, lo cual es un alivio, porque soy incapaz de aplacar mi instinto sexual en este momento. Necesito meterme entre las piernas de esta mujer como si fuera mi búsqueda sagrada.

—Esa nalgada fue por provocar a mi polla. —Le envuelvo un brazo alrededor de la cintura y tiro de su tierno culo hacia atrás, contra el bulto en mis pantalones cortos. Mi otra mano se posa en el monte de Venus, donde encuentro el coño tan mojado que puedo sentir la humedad en sus pantalones de yoga.

Se le doblan las rodillas y se le caen las llaves del autobús al pavimento.

—¡Titus! —Tiene la voz temblorosa—. No puedo concentrarme cuando me haces eso.

Me agacho para recoger las llaves y abrir la puerta yo mismo. Luego meto dentro a Sunny de un tirón. Hay un colchón en la parte trasera, igual al que recuerdo de antes. Cierro la puerta de golpe y empujo a Sunny hacia el colchón.

Me ciño sobre ella levantando su camiseta sin mangas hasta los hombros y busco un seno. Mi boca se conecta con el rígido pezón, chupándolo, raspándolo con los dientes.

Cuando le doy otra nalgada, jadea. Algo en Sunny me provoca demostrarle todo tipo de dominio, cuando ni siquiera es una loba. Afortunadamente, no parece importarle.

Su olor me dice que la excito.

Su aroma.

Joder, su aroma.

Agarro la pretina de los pantalones de yoga y se los bajo de un tirón. No lleva bragas. ¡Maldición! Necesito probar ese néctar que produjo para mí. Lo necesito en mi lengua *de inmediato*.

Le doy una lamida larga y lenta. De mis labios sale un gemido medio salvaje. Voy a por más, dando vueltas la lengua, agitándola, lambeteando. Quiero complacerla tanto como necesito la liberación. Me muero por escucharla llegar al clímax. Por llevarla al límite y satisfacerla.

Agarro sus muslos y separo más las piernas, aplicando la lengua con más intensidad, deleitándome con la forma en que se retuerce mientras los gritos y gemidos llenan el autobús. Prosigo hasta que me tira del cabello y la parte interna de los muslos lucha por cerrarse alrededor de mi cabeza. Luego la follo con dos dedos y encuentro su punto G.

Le cubro la boca con una mano cuando alcanza el orgasmo.

—Titus —jadea cuando retiro la mano—. Oh, cielos. ¿Qué me haces?

—¿Qué *te* hago? —Me pongo de rodillas y me bajo los pantalones cortos para liberar mi polla—. ¿Sabes lo que me hiciste toda la noche?

Retuerce los labios y me doy cuenta de que sí lo sabía. Me torturó a propósito.

Sacudo la cabeza.

—Traviesa huma... mujer. Muy traviesa.

La doy vuelta y suelto una nalgada en el pálido culo. El sonido resuena en el autobús produciendo un eco en todo el interior. Es muy satisfactorio. Esta vez, la vuelvo a abofetear en el otro lado. La huella roja de mi mano florece en el primero.

Hermoso.

Sunny mueve el trasero como si me pidiese más. Así que se las doy. Cinco bofetadas firmes, suficientes para hacerla jadear y agitarse.

Luego la sostengo por la nuca.

—¿Lo quieres por detrás, cariño?

—Sí. —Su voz entrecortada y dulce no deja dudas.

Y ahí es cuando me doy cuenta. No hay condón. No traigo uno conmigo porque no soy ese tipo que va por ahí recogiendo mujeres al azar. Además, los lobos no contraemos enfermedades de transmisión sexual. Pero Sunny no lo sabe.

—Sunny. —Mi voz suena estrangulada—. No tengo condón. Estoy sano, te lo juro. ¿Confías en mí?

Me mira por encima del hombro. Cuando duda, creo seriamente que yo podría implosionar. Pero luego asiente.

—Confío en ti.

Gracias al cielo.

—Buena chica —le digo. Esas palabras me sorprenden. No es una frase que haya usado antes. Mi compañera anterior no me inspiraba este nivel de dominio o protección. Extraño, ya que era una loba y Sunny no lo es.

—Quítate la camiseta —ordeno. Y una vez que se la ha sacado, agrego—: Abre esas piernas para mí, nena. Te espera una follada bien dura.

Deja escapar una risa estrangulada y separa los muslos. Nunca he visto nada tan increíblemente hermoso en mi vida. Tiene más mariposas tatuadas en la base de la espalda que llegan hasta las caderas y luego ascienden en diagonal al tatuaje del hombro. Recuerdo los tatuajes de la última vez, pero estos me llaman la atención.

—Tan linda. ¿Tienes nuevos tatuajes, cariño?

—Mmm, tendrás que averiguarlo por ti mismo —murmura contra las sábanas.

Desafío aceptado.

Separo sus muslos más y me pongo entre ellos, apoyado en mis rodillas, luego froto la cabeza de mi polla contra su entrada, donde todavía gotea su miel, dulce y sedosa. Me deslizo dentro.

—Joder, esto es bueno, cariño. —Me retiro, luego me introduzco con fuerza, y ella suelta un leve grito—. Oh, no pensaste que sería amable contigo, ¿verdad? —Repito la acción, amando la forma en que mi bajo vientre le golpea el trasero como las nalgadas.

Ella se ríe.

—Rrecuerdo que rompiste una cama la última vez.

Maldita sea. Tiene razón. Me pone loco.

Le pongo una palma en un hombro para mantenerla en su lugar y luego la follo con poderosas embestidas. Quiero llegar más profundo, más rudo.

Sé que es demasiado. Estoy seguro de que la puedo lastimar —es humana, después de todo—, pero parece que no puedo detenerme. Todo lo que puedo hacer es tratar de calmarla con mis palabras.

—Sin embargo, me tomas como una buena chica, ¿no es así, sol?

La follo tan fuerte que el autobús rebota sobre las ruedas. Todo en el interior vibra y tiembla.

La respiración de Sunny sale en jadeos que la obligo a soltar con cada embestida. Se golpea la cabeza contra la puerta y se pone de rodillas, levantando las caderas. Me agarro fuerte de su cintura y continúo bombeando con fuerza.

—¿Te gusta este ángulo, cariño? ¿Donde entro tan profundo?

—Sí —jadea—. Joder, sí.

Su entusiasmo es demasiado para mí.

—Estaba pensando en esto en la clase de yoga —confieso—. Y durante toda la cena.

—¡Yo también! —dice sin aliento, con la cara girada hacia un lado contra el colchón, el cabello en un halo salvaje.

—¿Sí? ¿Es por eso que provocaste a mi polla? —Le doy una palmada en el flanco—. ¿Sentándote en mi regazo y poniéndome duro?

—¡Me *llevaste* a tu regazo! —protesta.

Tal vez lo hice. Probablemente tenga razón. No quise hacerlo, pero cuando pasó sobre mí, su delicioso cuerpo quedó justo en mi regazo. ¿Qué se suponía que debía hacer?

—Necesitabas esto. —aseguro, a pesar de que soy yo quien lo necesitaba.

—Sí —está de acuerdo—. Definitivamente.

Y ahí es cuando hablar coherentemente se vuelve imposible. Estoy absolutamente extasiado por la lujuria, demasiado ido por su entusiasta recepción.

Bombeo y bombeo hasta que se me nubla la visión y se convierte en un rayo blanco, entonces rujo tan fuerte que el autobús se sacude.

Y luego me libero.

Suelto mi simiente en ella y se salpican hasta las sábanas. Solo cuando mi visión se aclara y puedo respirar de nuevo, me doy cuenta de que ella también llegó al clímax. Su coño palpitante me exprime hasta la última gota de mí.

Nos echamos en el colchón y le envuelvo un brazo alrededor de la cintura, manteniendo su culo metido contra mi regazo, mi polla todavía dentro de ella. Nuestros pechos se mueven juntos a medida que recuperamos el aliento.

Mi lobo quiere emitir todo tipo de reclamos y demandas. *Deshazte de ese idiota bonito. Será mejor que no toques a otros hombres en la clase de yoga. Este coño es mío.*

Pero por una vez, soy lo bastante inteligente como para contenerme. No tengo ningún derecho sobre Sunny ni tengo la intención de reclamarla.

Ella puede hacer lo que quiera, —y lo hará— incluso si se trata de dejarme una nota y huir en el momento en que me duerma.

Ya sé cómo funcionan las cosas entre nosotros.

Así que esta vez me iré yo.

Le beso el cuello.

—Gracias, Sunny —murmuro. Me salgo de ella y se da la vuelta.

—¿Qué? —Hay acusación en su tono, aunque no sé qué

quiere de mí, cuando ella no es exactamente el tipo de mujer que se establece y tiene una relación. Soy incapaz de pensar en una respuesta porque a medida que me levanto, obtengo la vista completa de Sunny desnuda y mi cuerpo se queda quieto. Solo puedo mirarla. Asimilar su magnificencia.

Pestañea con esos ojos azules hacia mí, mirándome fijamente.

—¿Te voy a volver ver?

Me aclaro la garganta. Intento hacer que mis labios se muevan.

—Um, no estoy seguro. —Me froto la nuca.

Ella se tapa la cara con las sábanas.

—Correcto.

No sé de dónde sale tanto enfado. Aún así, una puñalada de culpa me surca el pecho. Simplemente irrumpí en su autobús y la folle descaradamente.

—Bueno, me gustaría verte de nuevo, Titus.

—Sí. Sí, vale. Pero tengo que irme ahora. Te buscaré. —Salgo del autobús y cierro la puerta.

Dejé mi moto en el extremo opuesto de la plaza, así que camino de regreso por donde vine, cruzando la plaza del pueblo ahora vacía. Estoy casi al otro lado cuando escucho el ruido metálico de un impacto y todo mi mundo se derrumba.

# Capítulo Tres

T*itus*

Casi me transformo en mi animal allí mismo en plena calle. De alguna manera, supe que el accidente involucró a Sunny. Corro a toda velocidad hasta la intersección mientras un Volvo plateado destrozado arranca por una calle lateral.

Y allí, en medio de la intersección, está el autobús de Sunny aplastado en un costado, donde giró hacia la acera.

—¡Sunny! —grito, saltando sobre la pared que me separa de la carretera y casi arrancando la puerta de las bisagras del autobús.

Como no tiene *airbag*, nada impide que su delicado rostro humano se golpee; la frente de Sunny descansa sobre el volante y el olor de la sangre me agudiza la visión del animal. Estoy listo para transformarme y defenderla, pero no queda nadie contra quien luchar. Ese cabrón huyó después de estrellarse contra mi encantadora humana.

—Joder, Sunny. —Quiero destrozar el autobús para darle espacio a su cuerpo magullado. Respiro hondo para calmarme.

Cielos, es solo un ser humano. Una humana delicada y frágil.

Es mi culpa. La dejé aturdida. No estaba en condiciones de conducir, aunque este accidente claramente no fue su culpa. Aún así, podría haber estado más consciente de su entorno si no la hubiera follado hasta volarle los sesos.

Para mi alivio, Sunny gime y levanta la cabeza.

—*Sunny*. No te muevas, cariño. Llamaré a una ambulancia.

—No, no. —Intenta desabrocharse el cinturón de seguridad e inhala profundamente. Le cuelga el brazo en un ángulo raro. Levanta el otro—. Estoy bien.

Mentira.

Sale del autobús.

Antes de que sus pies puedan tocar el suelo, la llevo directamente a mis brazos.

—Claramente no lo estás. —Su brazo está roto, un gran huevo ya se ha formado en su frente y la laceración en el cuello y el hombro del cinturón de seguridad me dan ganas de aullar.

Las sirenas suenan cerca. Un coche de policía se detiene con las luces girando.

—Bájame —murmura.

—De ninguna manera. Necesito llevarte a un hospital.

—Titus, estoy *bien*. Bájame.

—¿Qué pasó? —Uno de los oficiales indaga mientras su compañero llama a una ambulancia.

—Un Volvo plateado la chocó —informo—. Huyó por esa calle lateral de allí.

—¿Tenes el número de la placa?

Niego con la cabeza. Me concentré demasiado en llegar a Sunny para memorizarlo.

—Era una placa de Nuevo México. Creo que tenía una J y un 8, pero no recuerdo el resto.

—¿Estabas en el vehículo cuando ocurrió el accidente?

—No, escuché el choque desde la plaza y vine corriendo.

El tipo mira la posición de Sunny en mis brazos con dudas.

—Nunca muevas a una víctima. Siempre se espera a los servicios de emergencia. Si tuviese roto el cuello, podría dejarla paralizada.

Joder.

Mi estómago cae a mis zapatos.

—No tengo el cuello roto —insiste Sunny, pero muestra el brazo destrozado—.Solo un brazo roto. Y él me bajará al suelo ahora mismo. ¿No es así, Titus?

Solo porque suena sin aliento y con dolor es que cumplo. Joder, tal vez tenga costillas rotas y la lastimo más. La inclino suavemente hacia sus pies y mantengo un brazo sólido alrededor de su cintura para sostenerla. Se apoya en mí temblando como una flor.

Una vez que llega la ambulancia, los paramédicos se hacen cargo y Sunny trata de discutir porque no quiere ir en una ambulancia, pero interrumpo sus protestas.

—No la escuches. Va contigo, fin de la historia.

Aparentemente están de acuerdo porque la ponen en una camilla y la suben en la parte trasera de la ambulancia.

—La seguiré en el autobús, cariño. Todo va a estar bien.

Ella pestañea hacia mí con esa mirada felina tan suya. No noto miedo. Ni angustia. Solo una evaluación extraña.

Debería asegurarme que no tiene miedo, pero no es así. La hembra está tan fuera de este mundo que es posible que ni siquiera se dé cuenta de las heridas que tiene y es posible que no reconozca cuándo necesita ayuda. Estoy seguro de que no la pediría. Me parece del tipo que ha estado cuidando de sí misma toda su vida.

Mujer loca y peligrosa.

Voy al autobús, que bloquea el tráfico, y me siento aliviado al descubrir que todavía funciona. El metal doblado no restringe el movimiento de los neumáticos o el motor.

Con el corazón todavía en la garganta, sigo la ambulancia hasta el hospital Holy Cross y luego me dirijo a la sala de espera para llamar a mi hijo.

—Hola, papá. —El profundo estruendo de la voz de Tank me llega por el auricular. Otra oleada de culpa me invade.

Me paso una mano por el cabello.

—Oye, llamé para decirte algo. Hubo un accidente.

—*¿Qué?* — Escucho un crujido y sé que mi hijo acaba de romper su teléfono. Siempre ha tenido problemas para manejar su fuerza.

—La mamá de Foxfire. El autobús de Sunny fue atropellado por un automóvil. La llevaron al hospital para una evaluación.

—¿Sunny? —Escucho la incredulidad y la sorpresa en la voz de Tank; luego la voz asustada de Foxfire entra en la línea.

—¿Qué le pasó a mi mamá?

—Tuvo un accidente automovilístico, pero está bien. Quiero decir, estaba de pie antes de que la metieran en la ambulancia. Sin embargo, sin duda se ha fracturado el brazo.

—Oh, cielos. ¿Estás con ella en Taos?

—Sí. No te preocupes, Foxfire. Me ocuparé de Sunny. —Las palabras salen antes de que pueda detenerlas, pero sé que son ciertas. Por mucho que me cueste, la misión que me encargó mi alfa simplemente pasó a la segunda prioridad.

Sunny está herida y en parte soy responsable. Aun si no lo fuera, no hay forma de que me aleje de ella. Es frágil como el cristal y ni siquiera tiene la ventaja de la juventud para recuperarse de esto. Puede quedar en cama durante días, incluso semanas.

Y está completamente sola aquí. No hay manada, familia, o como lo llamen los humanos. ¿Quién sabe cuán confiables son esos amigos suyos?

—Gracias, Titus. Me alegro de que estuvieras allí. —La voz de Foxfire suena quebrada. Después de una pausa, agrega—: ¿Por cierto, por qué estás ahí?

—Estoy por un asunto de la manada. —Me froto la frente.

O se supone que debería estar en ello.

¿Por qué los humanos son tan frágiles?

—¿Es necesario que vaya? ¿Cuándo te vas? ¿Qué tan mal herida está?

—Está bien, tranquila, arcoíris —le digo así refiriéndome al color, o más bien, los colores, de su cabello—. Todavía no tengo respuestas para ti. Te informaré después de que la hayan visto los médicos.

Foxfire suspira.

—Vale. Bien, gracias. De verdad. Aprecio que estés allí, Titus. Sé que cuidarás bien de mi mamá.

Una incomodidad se agita en mi pecho. Ahora tengo dos hembras que dependen de mí. No es un buen lugar para mí.

Murmuro ese reconocimiento y prometo volver a llamarla cuando sepa más. Luego me paseo por los pasillos del pequeño hospital.

* * *

*Sunny*

He quedado atrapada en una habitación con un hombre gigantesco y sin esperanzas de escapar.

En serio, es así de mala mi situación.

Titus insistió en traerme a la cabañita que ha rentado por Airbnb. Mi autobús está aparcado enfrente, pero no me ha permitido ver el daño. Estaba muy oscuro cuando llegamos anoche y Titus no me dejará salir de la cama hoy.

Ahora, de pie en la puerta del dormitorio, hace todo lo posible para intimidarme y que vuelva a meterme bajo las sábanas. Desafortunadamente, encuentro su forma de intimidación letalmente atractiva.

—El médico dijo que estoy bien —insisto.

Solo tengo algunas laceraciones y moratones. El cuello rígido por el latigazo cervical. Y el brazo fracturado, que todavía palpita dentro del yeso.

—Al demonio. Vuelve a la cama antes de que te ponga allí.

A pesar de mis dolores y molestias, se me acelera el pulso ante la amenaza. No me importa la idea de que Titus me maltrate un poco. Puede que sea un amante rudo pero disfruto cada segundo.

Aún tengo clavada la espina de por qué ayer se marchó tan deprisa después del sexo. El corazón de este tipo todavía no está disponible.

Lástima que sea tan atractivo.

Recién salido de la ducha, camina sin camisa sin importarle cuánto me afecta la vista de sus abdominales de tabla de lavar. Lo juro, mis hormonas son más intensas en mis cincuenta años de lo que nunca fueron en los años en que intentaba formar una familia. La ironía enfermiza de la naturaleza, supongo.

No me he sentido tan atraída por un hombre desde Johnny, el padre de Foxfire, e incluso entonces, ni siquiera tanto.

Pero hay una energía similar en el tipo de hombre. Johnny era furtivo y tenía un espíritu salvaje que trataba de ocultar. Titus, en cambio, lo expone como si nada, montando la Harley, luciendo la chaqueta de cuero.

—No tienes que hacer esto, Titus. —Mi estómago se retuerce un poco, porque si soy honesta, no quiero que deje de cuidarme. No quiero que me permita irme. Tampoco quiero que esté aquí por culpa u obligación, y sé que eso es lo que es.

Titus se acerca hasta que sus costillas me rozan los pechos. Creo que esperaba que retrocediera, pero cuando no lo hago, se agacha y me recoge en su antebrazo, levantándome a horcajadas sobre su cintura.

—Titus. —Me quedo sin aliento. Los latidos de mi corazón se sienten en la superficie, justo contra su piel desnuda.

—Te dije que te quedaras en esa cama —se queja—. Te vas a quedar allí, aun si tengo que atarte a la cabecera.

Por los cielos, eso que dijo.

Es infinitamente gentil cuando me acomoda en la cama y da un paso atrás para examinarme. Veo una genuina preocupación en sus rasgos.

Me entrego al calor que inunda mi pecho por un momento.

—Gracias, Titus. —Agarro su mano y la aprieto—. Esto es realmente dulce de tu parte.

Me lleva el pelo hacia atrás de mi frente magullada, frunciendo el ceño ante la protuberancia.

—Te equivocas. No soy dulce. Solo hago lo que cualquiera haría.

Oh.

Cierto.

Y así sin más, la calidez desaparece. Debe reflejarse en mi cara, porque da un paso atrás y se pasa una mano por su cabello de tonos sal y pimienta.

Abre la boca para decir algo y luego la cierra de nuevo.

—¿Tienes hambre? Puedo ir a recoger algunas donas o algo al otro lado del camino. —Señala hacia la calle principal.

—No como gluten —le informo, sabiendo que va a poner los ojos en blanco.

Él lo hace.

—Hay una solución fácil —bromeo—. Puedes dejarme ir. Tengo comida en mi caravana y estaré bien por mi cuenta.

—No, no. No vas a ir a ninguna parte. Y deja de hacer esto tan jodidamente difícil. —Me clava una mirada severa que hace que mi coño se apriete—. Tengo tareas que hacer en Taos, pero no puedo hacerlas si me preocupa que te subas a tu autobús y huyas en el momento en que me vaya.

Parpadeo mirándole.

Se inclina sobre mí, plantando un enorme puño a cada lado del colchón a mis lados.

—Así es como va a ser. Me vas a decir qué quieres para el desayuno y te lo voy a conseguir. Entonces te acurrucarás en esta cama o en el sofá y descansarás mientras me ocupo de mis asuntos. Y cuando regrese, estarás justo donde te dejé. O habrá consecuencias. ¿Entiendes?

Una risa escapa de mis labios. No sé por qué amo este lado mandón de él, pero lo amo.

—Ya veremos.

Gruñe. Es un verdadero gruñido animal. Un gruñido de lobo.

Me mojo totalmente, mis músculos se aflojan, como si mi cuerpo se estuviera entregando a él.

Sus fosas nasales se encienden y una onda de conmoción recorre su rostro justo antes de que sus ojos cambien de gris a un azul muy claro.

En un instante, paso de apoyada en la cama a tumbada sobre mi espalda, Titus se pone a horcajadas sobre mi cintura y sujeta mi muñeca sana al lado de mi cabeza.

—Te gustan los problemas, ¿no, señora?

Empujo su pecho con el brazo enyesado.

—No me llames *señora*.

Se inclina y me mordisquea el cuello, su barba me hace cosquillas en el costado de la cara.

—No te gusta eso, ¿eh?

—No. —Olvido todo el dolor de cabeza y en el brazo mientras ruedo mis caderas debajo de él.

—¿Qué te gusta, sol? —Su voz es grave. Se mueve hacia abajo y me muerde el hombro. Su polla se asienta entre mis piernas, justo donde la necesito, y levanto mis caderas para frotarme sobre ella.

—No lo sé. *Sol* es agradable.

—Vale, dime lo que necesitas, sol. ¿La amenaza de un castigo o la promesa de recompensa? ¿Qué te va a mantener aquí?

Prácticamente me derrito en un charco con eso.

Me lamo los labios.

—Um ... ¿Ambas?

Asiente y levanta su torso. Se desabrocha el cinturón y lo saca lentamente de las presillas.

Unos hormigueos me recorren la piel y me olvido de respirar. Captura mi brazo sano y enrolla el cinturón de cuero alrededor de la muñeca, tirando de él. De repente soy su prisionera cuando lo asegura en la cabecera.

—Te vas a quedar aquí mientras desayuno. Ahora, ¿qué quieres?

Me enfurruño.

—Quiero ir contigo.

—No. Necesitas descansar. Dime.

Lo considero por un momento. Pienso en dónde estamos en la calle principal y qué hay cerca.

—Huevos rancheros. Chile verde, tortillas de maíz. Puedes conseguirlos en el restaurante justo al otro lado de la calle principal.

Asiente aparentemente satisfecho y ya en modo negocios.

—Volveré enseguida. No te muevas.

Tiro de la muñeca atada. Estoy segura de que si quisiera podría liberarme, pero requeriría algo de trabajo y usar los dedos de mi brazo roto, por lo que no tengo muchas ganas de forcejear.

—Sé una buena chica y pensaré en una recompensa. —Su mirada baja a mis pezones y me retuerzo.

—Será mejor que sea buena —le espeto, y suelta una risa incómoda.

—Ya veremos. —Vuelve a emitir esa vibra de enfado, que creo que significa que está sexualmente frustrado. En realidad, creo que es más complicado: me quiere, pero no quiere quererme.

Conozco el sentimiento, amigo.

Titus echa una mirada furtiva más a lo largo de mi cuerpo y se acomoda la polla en sus pantalones antes de marcharse y dar un portazo en la puerta principal.

* * *

*Titus*

Desconecto uno de los cables del alternador del autobús de Sunny, en caso de que en serio quiera marcharse. No creo que lo haga pero esta mujer es obstinadamente independiente.

Y no sería la primera vez que se escapa de mí.

Me froto la frente mientras la parte más irritable mía se queja de que debería dejarla irse si quiere hacerlo. No busco volver a enredarme con ella de todos modos. Pero no hay forma de que pueda dejarla valerse por sí misma en estas condiciones..

Serán unos días, hasta que no tenga dolor y pueda reparar su autobús. Entonces podremos separarnos, antes de que las cosas vuelvan a ponerse intensas.

Es lo único decente que puedo hacer.

Me acerco al restaurante y recojo tres órdenes de huevos rancheros; dos para mí, porque tengo apetito de lobo, y también un par de pasteles gigantes. Mi lobo se alegra en el camino de regreso, como si la idea de proveer para una hembra lo pusiera juguetón.

*Sunny no es nuestra mujer. Definitivamente no es nuestra compañera*, le digo, pero a él no le importa una mierda. De hecho, estaba listo para marcarla esta mañana, en el momento en que capté el aroma de su excitación. Lo cual no tiene sentido. Ni siquiera marqué a Barbara, la madre de Titus Junior. Simplemente nunca tuve el impulso. No era mi verdadera compañera.

En retrospectiva, ni siquiera sé por qué la tomé como compañera. Creo que fue porque era lo quería de mí.

Me absorbió.

O tal vez porque quería un hijo.

Quería a Titus Junior, a pesar de que criarlo sin una madre o una manada era difícil. Él es lo único que ha tenido sentido en mi vida. Los destinos saben que las mujeres nunca lo tuvieron.

Abro la puerta y olfateo el aire. Sunny todavía está aquí.

Me sorprende el alivio que siento. Esta mujer se me mete debajo de la piel demasiado rápido.

Cuando llevo la comida al dormitorio, al instante me da de lleno su aroma. Todavía está excitada. Más aún que cuando me fui.¿Qué la excitó? ¿Estar atada? ¿La anticipación de una recompensa? Prometo llegar al fondo del asunto, pero después de alimentarla.

—¿Estuviste bien mientras me fui?

—No —dice de inmediato—. Definitivamente no. —Se retuerce en la cama.

Joder. Es tan excitante así. La libero y la ayudo a sentarse, luego le pongo la comida en su regazo.

—Gracias —ronronea—. Huele increíble. —Como se trata de Sunny, sé que lo dice en serio, ella infunde aprecio a sus palabras.

Mi lobo se pavonea.

Traigo tenedores de la cocina y me siento a un lado de la cama para comer con ella. No sé por qué, podría dejarle la comida y comer la mía en la mesa, pero es como si tuviera que verla comer el alimento que traje a casa. Por un momento, me imagino cómo habría sido tener a Sunny como la madre de mi cachorro en lugar de Bárbara.

De alguna manera sé que habría llorado por el cachorro, nunca hubiera querido dejarlo salir de sus brazos. No como Bárbara, que apenas se vinculó con nuestro hijo.

—¿Estás pensando en bebés? —Sunny pregunta con ese extraño hábito que tiene de leer mentes.

Me pongo una máscara gruñona en la cara.

—¿De qué hablas, mujer?

—Tú también quieres nietos, ¿no? En serio, no puedo esperar.

Le lanzo una mirada dudosa.

—¿Por qué? ¿Cuál es la prisa?

Su lengua se lanza para lamerse una mota de salsa de sus labios y mi polla se pone dura.

—Me encantan los *bebés*. No puedo esperar a ser abuela, aunque no voy a dejar que me llamen así, por supuesto.

—¿*En plural*? —Me río—. Tienes todo esto planeado, ¿no?

Se encoge de hombros.

—¿Por qué solo tuviste una hija si amas tanto a los bebés? ¿No pudieron caberte más?

Como una bombilla con una perilla de atenuación, la luz de su cara disminuye.

Joder. Soy un imbécil.

—Lo intenté. —Las dos palabras caen y pesan entre nosotros como bloques de hormigón. Vuelve a encogerse de hombros y su mirada vaga remota, como si necesitara distancia para hablar—. Tuve cinco abortos espontáneos. Foxfire fue la única bebé que llegó a término.

Un escalofrío me recorre la piel.

—Cielos. —No puedo imaginarlo. Recuerdo la anticipación del nacimiento de Tank. Si el embarazo hubiera terminado en tragedia, no sé cómo habría continuado—Lo siento.

—Sí, bueno, tengo Foxfire. —Su voz es falsamente alegre. Es una pésima actriz.

—¿Eran todos... con el mismo tipo? ¿Del padre de Foxfire?

Los mestizos son especies más débiles, tal vez fuera por

eso. O tal vez Foxfire fue la única que llegó a término *porque* es mitad metamorfa.

Sunny de golpe se cierra.

—No. ¿No tenías trabajo que hacer hoy? ¿Un negocio privado o algo así?

Oh. Bien. Tema delicado.

Y tiene razón. Tengo tareas que hacer.

No debería sentirme ofendido cuando me aleja una mujer demasiado emocional con la que no quería involucrarme, de todos modos. Sin embargo, no puedo evitar la conmiseración que siento. Sunny se muestra alegre, pero no significa que no haya sufrido, al igual que el resto de nosotros.

—Tengo que salir. Te vas a quedar aquí y sanar. ¿Verdad?

—Sí, valen.

—No te vayas de este lugar. Si necesitas algo, envíame un mensaje. ¿Entendido?

—Sí, sí. Entendido. —Me saluda con la mano.

No me gusta cómo se siente. Mi lobo quiere que acepte mi protección y reciba lo que ofrezco.

Pero es estúpido. No puedo ofrecerle nada.

Recojo las cajas vacías del desayuno y me pongo de pie.

—¿Necesitas algo antes de que me vaya? —Me perturba tener la necesidad de acercarme y despedirme de ella.

No es mi compañera. No es mi *compañera*.

—No, gracias, Titus. Estaré bien.

Asiento y me voy aliviado, pero con la decepción de dejarla.

* * *

*Titus*

·  ·  ·

Me dirijo al pueblo sin siquiera estar seguro de cómo voy a encontrar a Buzz. Taos es un pueblo chico pero instintivamente sé que preguntar por él no me ayudará en nada. Buzz es el tipo de persona que no querría que la gente preguntara por él o hablara de él. Cualquiera que sea su amigo lo sabría y; por lo tanto, no daría información.

Es mejor que me limite a husmear, dejando que mis instintos me guíen. Tuve una buena sensación en el desfiladero, y tal vez debería comenzar allí.

*Eso fue por* ella, acota mi lobo.

*Cállate.*

Sí, hablo conmigo mismo ahora.

Me subo a mi moto y me dirijo al puente alto, pero sigo hasta llegar al área de Carson. La piel me pica con una advertencia.

Conduzco hasta una convergencia de pueblos, un área llamada Three Points, y allí, en una esquina, veo el vehículo que chocó con el de Sunny anoche.

—¡Oye! —grito.

El tipo me mira por el parabrisas y luego acelera a toda velocidad. La rabia corre a través de mí, caliente y feroz. Ese tipo lastimó a Sunny. Voy a machacarlo como a una pulpa. Le sigo con la moto rugiendo debajo de mí, hasta llegar a cien kilómetros por hora. Ciento veinte. Ciento cuarenta. Si este imbécil piensa que puede superar a mi Harley, está loco.

Cuando toma una curva, me acerco, pero dobla en algún tipo de asentamiento. No hay una palabra mejor. En medio de la nada, varias hectáreas de terreno están plagadas de chabolas, caravanas, autobuses y otras unidades de alojamiento temporal. Hay coches aparcados por todas partes, como si de un circo ambulante se tratara.

El coche derrapa hasta detenerse y unos hombres

sarnosos aparecen de todos lados. Se me eriza el vello de la nuca y mis instintos gritan peligro. Dos docenas o más salen a ver cuál es el alboroto.

Me detengo y aparco la moto, me bajo y voy hacia ellos antes de que vengan a mí. Soy consciente de que estoy muy superado en número.

El olor a metamorfos me golpea fuerte y ahora me doy cuenta de la magnitud del peligro que corro. Con mi fuerza y resistencia, podría haber manejado un gran grupo de humanos. No aplica para los cambiaformas. Sabrán cómo derribarme.

Levanto la nariz al aire tratando de identificar su especie. Son demasiado sarnosos para tratarse de lobos.

A medida que avanzan, los reconozco: son coyotes.

Jodidos coyotes.

—¿Puedo ayudarte? —pregunta el imbécil que conducía el coche que embistió a Sunny.

Ignorando el peligro, me pongo en modo alfa. Rodeo el coche y le estampo un puñetazo en la cara. Un hueso cruje bajo mi puño, su cuerpo vuela hacia atrás y abolla la puerta del vehículo.

El resto de la manada avanza formando un círculo estrecho a mi alrededor, pero nadie me toca.

*Todavía.*

Las leyes de manadas deben ser similares. Los desafíos directos generalmente se honran entre los cambiantes. Arreglar las cosas físicamente siempre ha sido nuestra manera. Y si aún no han captado mi olor, sabrán por la forma en que me ocupé de este imbécil que no soy humano.

El tipo debe de darse cuenta de que tengo un problema personal con él porque solamente se limpia la sangre que le sale de la nariz.

—¿Cuál es tu problema?

Señalo la parte delantera abollada del coche.

—Mi problema es que te has dado a la fuga. Casi matas a una humana que me importa. —Me abalanzo de nuevo y él se agacha y retrocede. Su puño golpea mis costillas, pero no tiene mucho impacto.

Lo estrello contra el coche y le aplico una llave de estrangulamiento en el cuello. Ahora que le miro más de cerca, me parece que está nervioso: pupilas pequeñas, sudor. Como si estuviera drogado. Genial, justo lo que necesito. Un adicto tímido.

Los gruñidos comienzan oírse a mi alrededor cuando el tipo se pone morado y se le desorbitan los ojos. Lo libero y le doy un par de puñetazos más.

—¡Suficiente! —Reconozco el comando alfa y doy un paso atrás. No estoy lo bastante loco como para no saber que podrían derribarme fácilmente. Un hombre flaco y barbudo entra en mi espacio—. ¿Quién eres?

—Soy Titus. Y exijo restitución.

No sé si esto me va a llevar a alguna parte. Algunas manadas siguen estrictos códigos de conducta; otras se rigen por códigos más laxos.

—Lobo —espeta el coyote alfa—. No te he visto antes.

—Bueno, estoy aquí ahora. Exigiendo restitución.

El alfa me estudia por un momento; luego se vuelve hacia el conductor del automóvil.

—¿Eso es cierto? ¿Chocaste a una humana con tu coche?

El tipo se encoge de hombros.

—Choqué un *autobús VW*.

—Con una hembra humana dentro. Está lesionada y el vehículo necesita reparación. Vas a pagar por ello. —Le clavo un dedo en la cara y la manada gruñe a mi alrededor.

Espero dos respiraciones antes de apartar mi dedo. No

voy a mostrar sumisión a una manada de coyotes, incluso si pueden destrozarme.

—¿La humana está viva? —pregunta el alfa después de un rato.

—Sí. Tiene una fractura en el brazo y laceraciones.

Me considera por un largo momento.

—Puede traer el autobús aquí. Lo repararemos. —Mueve un pulgar en dirección a uno de los edificios destartalados. Parece una vieja gasolinera.

Joder. ¿Me está diciendo que son mecánicos? Dudo entre no confiarles el vehículo de Sunny y querer justicia.

—No hay posibilidad de que ella venga aquí. Él puede ir a recoger el autobús. Y luego entregarlo en perfectas condiciones. También hay que pagar la factura del hospital.

—Arreglaremos el vehículo. El hospital es tu problema.

Giro y miro al alfa de frente, cerrando los dedos en puños. Los gruñidos comienzan de nuevo. Estoy a punto de exigir la factura del hospital, pero se me ocurre que no se puede pedirle peras al olmo. Estos tipos no parecen nadar en dinero. Parecen más bien acumuladores de deudas.

Además, se me cruza por la cabeza que estoy aquí para hacer un trabajo para mi manada. Uno que parece que he olvidado por completo.

—Bien. Recojan y entreguen el autobús —insisto.

—Bien. —El alfa me hace un gesto con la mano.

Fuerzo mis puños a abrirse y trato de relajar el ceño fruncido de mi cara.

—De paso quisiera hablar con usted sobre un asunto no relacionado con esto.

El alfa enarca las cejas.

—¿De qué se trata?

—¿Sabe algo sobre un laboratorio por esta zona? ¿O de desapariciones de cambiantes por aquí?

El tipo resopla.

—Tu deberías saber más sobre esa mierda que yo. —Gira sobre su talón y se va.

¿Qué significa eso?

—¡Espere! —grito, pero los coyotes cierran filas detrás de él, bloqueando mi camino.

Joder.

Gruño indicaciones al imbécil del atropello y vuelvo a subirme a mi moto. Mientras me alejo, respiro el olor a salvia caliente para quitarme de la nariz el hedor a coyote.

* * *

*Sunny*

Cuando Titus regresa, estoy levantada, duchada y sentada en el sofá leyendo en mi aplicación Kindle.

—Encontré al tipo que te chocó.

Un automóvil se detiene en la entrada y un tipo escuálido con una camiseta manchada de sangre sale del lado del pasajero.

—Titus... ¿Qué le hiciste?

—Le rompí la nariz —responde Titus como si fuera la única acción lógica que podría haber tomado—. Y le dije que sería mejor que arreglara tu autobús. Así que está aquí para llevárselo. Tírame las llaves.

Me quedo con la boca abierta. No estoy segura de lo que pienso. Si Titus es un héroe o alguien de quien realmente debería distanciarme. La violencia no es algo que yo apruebe.

Sin embargo, aprecio que haga arreglos para mi

autobús VW.

Saco mis llaves y luego dudo.

—¿Qué pasa si me lo roba? —Quiero decir que el tipo se ve totalmente sospechoso. Definitivamente es un adicto. Esa es probablemente la razón por la que abandonó la escena del accidente. Estaba bajo los efectos de sustancias y sabía que le arrestarían.

—Entonces le mataré —Titus lo dice lo suficientemente alto como para que el tipo que está afuera le escuche.

Un escalofrío me recorre la columna vertebral porque no puedo decir cuán serio es. Aún así, confío en él. Le tiro las llaves. Las atrapa con su enorme mano y sale.

Hombre sexy y capaz. Hace tiempo que dejé de experimentar el impulso biológico de encontrar un proveedor digno, pero mis hormonas no parecen saberlo. Juro que mis ovarios acaban de dejar caer tres óvulos frescos.

Cuando Titus regresa, ve el arreglo floral que hice con un frasco de la papelera de reciclaje y las flores que crecen alrededor de la cabaña.

—¿Quién las trajo? —exige.

—Las recogí afuera.

—Um. —Mira el frasco por un largo momento, luego a mí.

Espero que despotrique sobre mi salida de la cama, pero en cambio ladea la cabeza como si no pudiera entender por qué haría tal cosa.

—¿Te gustan las flores?

Me río.

—Por supuesto. ¿A quién no? Me encantan las flores.

—Um —dice de nuevo, como si pensara que es lo más extraño—. Supongo que eso es lo que hacen los artistas, ¿verdad?

—¿Qué?

—Traer belleza a nuestro mundo.

Me río desviando el cumplido.

—La belleza ya está en nuestro mundo, simplemente la he traído dentro.

—Sí, supongo. —Le da la vuelta al frasco como si fuera la cosa más curiosa que jamás haya visto.

Tal vez sea raro, no lo sé. Es justo lo que siempre he hecho. Una superficie sin un frasco de flores siempre me parece desnuda.

—Ese es el principal inconveniente de vivir en una caravana Airstream. No puedo plantar mi propio jardín. —Me levanto del sofá. No he tomado los analgésicos que me recetaron, ni siquiera quise completar la prescripción, pero Titus insistió. Me palpita la cabeza y dejo de moverme por un momento.

—¿Por qué te has levantado del sofá, señorita?

Disimulo la mueca de dolor al ver que la sala da vueltas y estiro la mano para sostenerme de la puerta.

—No me llames señorita.

—Cierto. Sí. —Titus frunce el ceño mirando el chichón de mi cabeza—. Debería haberle roto el brazo a ese tipo antes de irme —murmura.

—Titus, no. No quiero violencia en mi nombre. Agradezco tu ayuda, pero por favor. No más.

La habitación se inclina y de repente estoy en sus brazos.

—Creo que te dije que te quedaras descansando. —El profundo tono de su voz entra en mi pecho y me calienta de adentro hacia afuera.

—No me gusta quedarme en un lugar por mucho tiempo.

Me lleva al dormitorio. Su barba me hace cosquillas en la mejilla.

—Además, tengo hambre. Vamos a almorzar, Titus. Yo

invito.

—Tienes que quedarte quieta. —Me baja suavemente a la cama—. Voy a comprar el almuerzo.

—Titus...

—Silencio o te ataré a esa cama otra vez.

—Eso sonaría más excitante si no estuvieras tan malhumorado. La última vez fue una decepción suprema, te lo aseguro. Pensé que algo divertido iba a suceder.

Titus levanta la cabeza y sus ojos grises se clavan en los míos.

Vaya. Probablemente no debiera revelar cuán excitada estaba esta mañana. Pero, vamos, en serio. El tipo me ató a la cama con su cinturón. No sé hasta qué punto es pervertido, pero seguro que pensé que algo más iba a suceder, que no fuera él liberándome para el desayuno.

Gruñe y se acerca al borde de la cama.

—Ahora te buscas problemas.

La emoción me invade con el gruñido áspero de su voz. Mis partes femeninas se animan. ¿Está mal querer acostarme con él, aun cuando sé que no quiere liarse conmigo?

Quizás.

Podría terminar con el corazón roto. Pero solo si pongo el corazón en juego. Y no tengo que hacerlo. Puedo ver esto como una oportunidad para disfrutar de un poco de placer. Algo de lo que no he tenido suficiente, francamente. En especial, de un hombre que me lo da como a mí me gusta: salvaje y rudo.

Titus me agarra las caderas y me arrastra hacia abajo en la cama. Me hace rodar las caderas a un lado y me da una palmada.

—Con que una decepción suprema, ¿eh?

Le sonrío, el corazón se me acelera.

—Suprema.

Me mira y noto que su polla está a tope, abultada en sus vaqueros gastados.

—Has salido hace un par de horas del hospital, tienes un brazo roto y un moratón del tamaño de mi puño en la cabeza. ¿De verdad pensaste que estabas dispuesta a tener sexo conmigo? Te partiría en dos, cariño.

Dejo escapar una carcajada porque es verdad. Todavía estoy dolorida por las embestidas suyas anteriores al accidente. En muchos lugares. Pero no me retracto.

—No estoy herida por debajo de la cintura. —Me meto la mano entre las piernas y paso el dedo medio por la entrepierna de mis pantalones de yoga, deteniéndome en el clítoris, frotándome.

Se pone rígido, con los ojos fijos en mis movimientos.

—Cariño, estás buscando muchos más problemas de los que puedes manejar.

—Así que sigues hablando.

Se abalanza sobre mí.

Me baja los pantalones de yoga y empuja mis dos rodillas hacia un lado.

—No sabes cuándo ceder, ¿verdad? —Me da cuatro palmadas en el culo, con fuerza.

Grito, chillo, tratando de retorcerme, pero me tiene inmovilizada. Mi cuerpo se inunda de endorfinas, el dolor de las nalgadas se transforma instantáneamente en placer. El calor aumenta en la pelvis.

La respiración de Titus es irregular; los movimientos, bruscos. Me da dos palmadas más, luego me abre las rodillas. Gimo como una invitación, y él desliza las manos debajo de mis nalgas y me acaricia, las aprieta, las amasa mientras baja la cabeza a mi entrepiernas.

Por un tortuoso momento, simplemente inhala, como si disfrutara del aroma de mi almizcle. Luego me lame.

Suelto mi aprobación, en algún lugar entre un jadeo y un grito. Mi coño se contrae, las llamas del deseo arden con más fuerza.

La barba de Titus me provoca cosquillas en la parte interna de los muslos, me irrita mis labios, pero su lengua es magnífica. Grande, fuerte y caliente como el resto de él. Y sabe cómo usarla. Se burla de mí, me tortura, rodeando los labios internos, acariciando el clítoris. Endurece la lengua y me penetra con ella, todo el tiempo usando su nariz para rozarme el clítoris.

Me retuerzo debajo de él con espirales de lujuria cada vez más intensas La necesidad se apodera de mí.

—Te quiero en mí —le digo. Ya he pasado el punto de fingir que no sé lo que quiero en la cama. Además, hoy no podré corresponderle con el oral y quiero que también esté satisfecho.

Titus gruñe. Sus ojos son de color azul intenso. Se levanta de rodillas, se quita la camisa y vuelve a desabrocharse el cinturón. Maldita sea, es tan sexy.

Me siento para ayudarle, pero me aplasta en la cama con un beso caliente.

—Tienes que decirme si duele —respira contra mis labios—. No soy bueno para ser gentil.

Levanto las caderas para encontrarme con su polla, la paso por el túnel de muslos internos y el coño mojado. La erección crece aún más.

—Usaré el semáforo. —Le muerdo el labio inferior. Cuando retrocede y frunce el ceño, me río—. Verde significa seguir. El amarillo es precaución. El rojo es detenerse. Es una cosa del sadomasoquismo.

—No sé de qué coño hablas —murmura, pero no me importa cuando está arrastrando la cabeza de su polla por mis jugos.

—Verde, verde, verde —parloteo, balanceando las caderas para frotarme.

Titus suelta una maldición y se lanza con una sola estocada. Grito cuando mi cabeza golpea la cabecera.

—Joder —Se retira.

—No, no, no, no. No te detengas, Titus. Por favor. Necesito esto. Me ayudará a sanar.

Diría cualquier cosa en este momento para que vuelva a meterse dentro de mí, pero probablemente lo hará de todos modos. Creo en los orgasmos como un método para mejorar todo tipo de cosas, incluyendo la paz mundial, la curación y salvar el planeta.

—¿Estás segura? No creo que sea una buena idea.

Alcanzo su polla y lo echo entre mis piernas.

—Joder. —Me arrastra por la cama y empuja de nuevo, esta vez poniendo un puño sobre mi hombro para evitar que me deslice hacia arriba. Sacude la cabeza mientras se mece en mí—. Eres la mujer más extraña que he conocido.

Estoy acostumbrada a eso.

Créeme, estoy acostumbrada.

Pero no es exactamente lo que quiero escuchar durante el coito. Llámame anticuada.

Debe verlo en mi cara, porque cambia a embestidas cortas hacia arriba y baja la cabeza hacia mi pecho.

—Lo siento, sol. No quise decir eso como sonó. —Me muerde los pezones sobre mi camisa, luego empuja la tela hacia arriba y gira su lengua sobre ellos.

Le perdono porque, sí, se siente genial. Inclino la pelvis para llevarle más profundo, apretando los músculos alrededor de su polla.

—Cielos, mujer, ¿también aprendiste ese truco en yoga?

—Um, ajá. Puedo levantar la pierna por encima de la cabeza. ¿Quieres ver?

—Joder, sí. Pero la próxima vez. —Sus nudillos me rozan la mejilla—. No quiero forzar tu brazo.

Agarro su hombro con mi mano sana para sentir el acero de sus músculos a medida que aumenta la velocidad.

—¿Color? —dice. Sus ojos son de un tono azul tan intenso que veo a su animal espiritual muy claramente ahora, brillando bajo la superficie. Un hermoso lobo plateado.

—Verde. Todavía verde. No te detengas, Titus.

Deja escapar un gruñido. Ya casi no veo su rostro humano, con mi tercer ojo solo veo al lobo brillando. Esta es una especie de danza de apareamiento salvaje para el lobo. Es un depredador. Yo soy la presa. El sexo es la persecución y está tan cerca de atraparme...

—Sunny ... —Me golpea con una fuerza brutal, con el rostro retorcido por el deseo.

Me doy cuenta de que me está esperando.

—Estoy lista —jadeo—. Dámelo, Titus.

Ruge y embiste aún más fuerte. Mis ojos se vuelven hacia atrás. Oigo el yeso de la pared rompiéndose con la fuerza de la cama estrellándose contra ella.

Titus se libera.

Yo le sigo con mi cuerpo perfectamente sincronizado con el suyo. Mis músculos internos le aprietan y ordeñan la polla.

El lobo muestra sus colmillos.

Grito cuando su cabeza desciende hacia mi cuello, los ojos brillan, los dientes se afilan de forma antinatural.

—¡Titus! —Le empujo con ambas manos y el dolor se dispara en mi brazo roto—. —¡Rojo! —grito—. ¡Oh, joder!

Titus retrocede todo el camino fuera de la cama. Se toca los dientes con la lengua y abre los ojos de par en par.

—Joder.

Estoy temblando por todas partes.

—¿Qué es eso?

—Nada —dice rápidamente, dándome la espalda mientras se viste—. Lamento haberme puesto demasiado duro.

Demasiado áspero.

Pero no fue todo.

Hubo un instante en que los velos entre dimensiones se esfumaron por un momento. Algo del mundo espiritual trató de cruzar.

Y morderme.

Pero no tiene sentido.

Eso no sucede.

Simplemente tuve una visión muy realista, es todo.

—Yo... Vi a tu animal espiritual —trato de explicarle—. Era tan real que me asustó.

Titus se pasa la mano por el cabello.

—¿Oh, sí? ¿Qué animal?

—Un lobo. Te lo he dicho antes. Un lobo plateado con...

—Miro fijamente sus ojos, pero no tienen el azul intenso de la visión, son grises como de costumbre.

—¿Con qué? —Parece cauteloso.

—Nada. No importa. Solo estoy siendo... rara otra vez.

Como si necesitara más evidencia de mi excentricidad.

*Titus*

Cielos. No puedo creer que haya intentado marcar a Sunny. Una humana.

Eso no sucede. No debería suceder. Algo va muy mal con mi lobo si está eligiendo a una humana para tratar de aparearse. Después de todos estos años, después de que nunca eligió marcar a Bárbara, la compañera que yo elegí.

Es una locura.

La peor parte de todo es que Sunny de alguna manera lo sabía. No sé lo que sintió, pero gritó justo cuando estuve a punto de hundir los dientes recubiertos de suero en su carne, para marcarla para siempre con mi aroma. Una mordida que podría ser fatal para un humano.

Joder.

Y ahora está asustada.

Y posiblemente herida.

—No eres rara —miento. Mi mente racional me dice que no me acerque a menos de cinco metros de ella, pero el olor de la confusión y el dolor llena la habitación, y no hay forma de que pueda prestarle atención a mi propio sistema de advertencia.

Sunny se toca el huevo en su frente.

—Sabes, creo que tengo hambre. —Sus palabras salen vacilantes, pero no le advierto la mentira.

De momento, no estoy dispuesto a revelar todo el asunto de metamorfo con ella. Especialmente menos el hecho de que casi la marqué. Algo anda seriamente mal con mi lobo.

—Te traeré algo de comida.

—No. —Ella balancea sus piernas fuera de la cama y tira de su ropa—. No puedo soportar estar encerrada tanto tiempo. Iré contigo.

Claro. Sabía que era tremendamente inquieta. Ni siquiera puedo mantenerla descansando durante medio día.

Me pellizco el puente de la nariz.

—Está bien. Una salida corta. ¿Qué te apetece? —En serio espero que no sea una especie de comida vegana.

—Podría ir por una hamburguesa grande y jugosa.

Tal vez Sunny no sea tan rara después de todo.

—Yo también, sol. Vamos.

# Capítulo Cuarto

S*unny*

Taos es uno de esos pequeños pueblos donde siempre conoces a alguien donde sea que vayas. El restaurante no es diferente.

Conozco a Rebecca, nuestra camarera, por las clases de yoga. Sus ojos se abren de par en par cuando me ve entrar con Titus. Bueno, casi todo el mundo tiene que mirarle cuando entramos porque es bastante llamativo. La enorme contextura parecida a un camión, la chaqueta de cuero, la barba canosa, la buena apariencia robusta. Es hermoso, y saben que debe de ser nuevo en el pueblo porque habrían recordado haberle visto antes.

Rebecca se acerca a nuestra mesa y solo entonces quita los ojos de Titus y ve el chichón en mi cabeza.

—¿Qué te pasó?

—Un accidente. —Hago una mueca y levanto el brazo enyesado.

Ella jadea.

—¡Oh, no! Eso es horrible. —Sus ojos se dirigen a Titus de nuevo con una pregunta en ellos.

—Este es Titus, el padre de mi yerno. Gracias al cielo que estaba aquí cuando sucedió. Me está cuidando bien.

Rebecca le sonríe.

—Genial. Me alegro también de que estuviera aquí.

Pedimos las hamburguesas. Titus pide la mía con un pan sin gluten —me conmueve que lo haya recordado— y papas fritas. Cuando llegan, Titus arroja un espeso chorro de ketchup en mi plato primero, luego en el suyo.

Son gestos simples, mínimos, pero dulces. No estoy acostumbrada a que alguien intente cuidarme. Una parte de mí le odia; no *quiero* depender de nadie. Salí herida de mi primer matrimonio, gravemente, y no quiero volver a estar en esa posición.

Pero no puedo negar el atractivo.

—No te habría catalogado como una chica de hamburguesa y papas fritas —dice Titus, metiéndose varias papas en la boca a la vez.

—¿No? —Me río. Cuando salimos antes, no comíamos mucho fuera. Me parece recordar que pedíamos muchas pizzas y comida china a domicilio—. Sí, me gusta la carne.

Titus gruñe ante mi sonrisa.

Miro fijamente su plato, aturdida al ver que ya ha engullido su primera hamburguesa. Tomo un bocado de mis papas fritas.

—Pensé que tenías un trabajo de seguridad en Wolf Ridge.

—Así es. Trabajo turnos de noche en la fábrica de cerveza allí.

—Entonces, ¿qué tarea trae a un guardia de seguridad a Taos?

Me considera, luego sacude la cabeza.

—No puedo revelarlo.

Insisto porque no tiene mucho sentido.

—¿Negocio cervecero?

—Estoy haciendo un seguimiento de una actividad criminal.

—¿De qué tipo?

—¿Qué parte de no *puedo revelarlo* no entendiste?

Levanto las manos.

—Vale, vale. Es delicado. Negocio secreto de cervecerías, entonces.

Titus pone los ojos en blanco.

Me limpio los labios con la servilleta.

—¿Crees que podrías llevarme a mi caravana?

Él levanta una ceja.

—¿Disculpa?

—Porque no tengo el autobús. ¿Podrías llevarme a mi caravana?

Pestañea hacia mí unos instantes.

—Alquilé ese maldito lugar para que te quedaras quieta y descansaras. ¿En serio me estás diciendo que tu espíritu viajero ya se ha activado? ¿No puedes quedarte en un sitio por más de medio día?

Siento tanto prejuicio en sus palabras que odio admitir cuánto duele. Miro mi comida y de repente no tengo hambre.

—En serio, ¿cuál es la prisa?

Vuelvo a levantar la cabeza.

—No me pagan por acostarme en tu sofá, Titus. Si no produzco arte o lo vendo, no como. Esa es la realidad de mi situación.

Sacude la cabeza.

—¿Y quién eligió esa situación?

Tiro mi servilleta y deslizo mi silla hacia atrás.

—No pedí tu ayuda, Titus. No la necesito. Tampoco

pedí tu juicio sobre mí o mi estilo de vida. No te preocupes por llevarme, puedo encontrar mi propio camino a casa. —Busco en mi bolso algo de dinero en efectivo y dejo caer lo suficiente en la mesa para cubrir nuestras dos comidas. No voy a dejar que Titus haga nada más por mí.

—Espera. —Él también se levanta—. Te llevaré. Solo ten paciencia.

Levanto la mano.

—No, de verdad, Titus. Estoy bien. Gracias por todo. —Me inclino para besarle la mejilla y demostrar que no estoy enfadada, lo cual estoy. Simplemente no quiero estarlo. No quiero que me importe lo que este gigantesco hombre monstruoso y viril piense de mí.

No quiero encajar en su rígido molde de cómo deberían ser las cosas. O cómo no deberían.

Sí, soy única. Siempre he sido diferente. Incluso cuando era niña, los otros niños pensaban que era rara. Supongo que por ese motivo me casé tan joven. Estaba tan ansiosa por estar con alguien que pensé que me quería y me aceptaba. Pero mi primer matrimonio no podría haber sido más doloroso.

Salgo al sol sin filtro de la vida en un sitio a gran altitud. Taos no es el tipo de lugar donde puedes tomar un Uber, pero si camino por la plaza, eventualmente me encontraré con alguien que conozca y podré pedirle que me lleve a mi caravana.

Por supuesto, entonces quedaré atrapada allí sin forma de volver al pueblo si necesito algo. Tal vez no pensé eso con suficiente cuidado cuando hice mi solicitud.

Tal vez Titus tenga razón.

Tal vez esté huyendo de nuevo. De él.

De la vulnerabilidad que provoca en mí. ¡Solo debo

considerar lo fácil que fue para él lastimarme y ni siquiera le estaba entregando mi corazón!

No, tomé la decisión correcta. La distancia es definitivamente la mejor opción.

Con la imperiosa necesidad de cambiar de humor, entro en la tienda de chocolates de Adele. El rico aroma del cacao me invade mientras la propietaria se yergue detrás del mostrador.

—Hola, Sunny —saluda y su amplia boca esboza una sonrisa hasta que mira bien mi cara con el magullón—. Oh, Dios mío, ¿qué te pasó?

—Accidente automovilístico.

—Oh, tengo algo perfecto para ti, amiga mía. Prueba esto. —Desliza un plato con tres trufas por el mostrador—. Mi última creación. Trufa de sal marina de albaricoque.

Me meto el pequeño bocado en la boca y gimo.

—Sí. Esto era exactamente lo que necesitaba. —Cierro los ojos y deleito la explosión de sabor en mi boca—. Exquisito. Realmente tienes un don, Adele.

—¿Por qué parece que tu novio está montando guardia afuera?

—Mi... —Empiezo a girarme, pero me detengo—. Oh. ¿Titus está afuera?

Adele se mete un rizo negro detrás de la oreja y me da una mirada de evaluación.

—¿No te gusta él? Pensé que teníais química.

—Oh, tenemos mucha química. Ese es el problema.

—¿Cómo es eso un problema?

Apoyo el codo en el mostrador y pongo mi barbilla en él.

—Hace que sea más difícil mantener distancia. Especialmente cuando el sexo es tan bueno.

—Ah. ¿Así que el sexo es genial pero la personalidad no acompaña?

Me meto otra trufa en la boca.

—También me gusta su personalidad. Solo... Bueno, soy demasiada carga para él. La historia de mi... Quiero decir, la vida.

La conmiseración asoma en la expresión de Adele antes de ocultarla.

—Nunca te desvalorices por un hombre —dice con firmeza—. Sigue viviendo tu vida, fuerte y orgullosa, siendo quien eres. El tipo que es lo suficientemente hombre como para dejarte ser tú aparecerá.

Me pican los ojos y parpadeo.

—Sí. —Estoy de acuerdo, solo soy capaz de soltar una sílaba sin dejar escapar un murmullo en mi voz.

—En cuanto a este tipo... si necesitas ayuda para sacudirlo...

—Oh, no. —Agito una mano—. Se echaría atrás si le dejara claro que eso es lo que quiero. —Pero no es lo que quiero. Ese es el problema—. Estoy segura de que se irá solo muy pronto. —Las palabras tienen un sabor agrio. Selecciono otra trufa.

—Cuando las cosas terminen, todavía nos tendrás a tus amigos —murmura Adele—. Todos estaremos listos para pedir una botella de vino y compadecernos.

—Gracias, querida. El tiempo cura todas las mentiras... Quiero decir, las heridas. —Me meto la tercera trufa en la boca antes de arruinar más refranes—. Ejem. ¿Qué te debo?

—Oh, invita la casa.

Sonrío algo aliviada porque sus trufas son bastante caras. Como debería ser, pues son lo mejor que me he puesto en la boca.

—Muchas gracias, cariño. Bueno, será mejor que salga y vea si no puedo perder a mi guardaespaldas.

—Eh. Úsalo para el sexo. Te lo mereces.

Me río.

—¡Ya lo he hecho! —Canturreo cuando me voy.

Titus está apoyado contra el marco de la puerta con los brazos cruzados sobre su enorme pecho y un ceño fruncido de primera categoría en su rostro.

Le ignoro y paso caminando.

Da un gruñido bajo, pero no me toca, solo me sigue un paso atrás.

Me abro camino por la plaza y me detengo para saludar y charlar con más amigos, sabiendo que enloquezco a Titus.

Es su elección convertirse en mi niñero.

Eventualmente, termino sentada en un banco porque llegué al final del camino y aún no tengo un plan para ir a mi caravana.

Titus se cierne sobre mí bloqueando el duro ángulo del sol y se mete las manos en los bolsillos, que es una pose decididamente no dominante. Aparentemente, está haciendo un esfuerzo por parecer conciliador.

Miro hacia arriba.

—Voy a llevarte a tu caravana ahora —murmura.

Frunzo los labios. Tengo en la punta de mi lengua negarme, pero esa sería la definición de tirar piedras a tu propio tejado. O cualquiera sea el dicho.

En cambio, me levanto. Él duda como si quisiera decirme algo, pero luego simplemente inclina la cabeza hacia el aparcamiento donde dejamos la Harley y espera hasta que comience a caminar para ponerse al paso conmigo.

Es lo suficientemente inteligente como para no tocarme ni decir nada. De hecho, ninguno de los dos dice una palabra durante la caminata hacia la motocicleta.

—La caravana esta aparcada en Cebolla Mesa —le digo.

Sacude la cabeza, no está familiarizado con el área. Le doy instrucciones y acepto su casco antes de subirme a la parte trasera de la moto.

Envuelvo los brazos alrededor de sus abdominales de tabla de lavar lo mejor que puedo con el yeso, tratando de no pensar en la facilidad con que mi cuerpo se hunde en el placer de solo tocarlo. Intento ignorar la emoción de la velocidad en la moto y la forma experta en que la maneja.

No, no se puede confiar en este placer hedonista que incita Titus. Fui lo suficientemente inteligente como para alejarme de él la última vez.

Necesito hacer lo mismo ahora.

* * *

*Titus*

Debería alegrarme de que Sunny haya terminado conmigo. Le canté las cuarenta y se ofendió, igual que la última vez. Pero hay algo que me inquieta. Como si hubiera arruinado todo y necesitara arreglarlo. Así que mi compromiso es asegurarme de que Sunny llegue a salvo a su caravana, en lugar de deambular por la plaza como una vagabunda.

El trayecto a la caravana es hermoso; el sitio que eligió para aparcarla es exquisito: se enclava justo en el borde de la garganta del Río Grande, entre pinos.

Tiene un par de paneles solares en el techo, una ducha solar instalada en un árbol y una pequeña maceta con columbinas marchitas junto a la puerta principal.

—Oh, tenéis sed, ¿verdad, dulces flores? Dejadme daros un trago. —La solitaria mujer habla con sus plantas. Abre la casa rodante y vuelve a salir con un jarrón de agua, que vierte sobre las flores marchitas—. La jarra es pequeña —me aclara como si le hubiera preguntando—. Se secan demasiado rápido y como no volví a casa anoche ... —Vuelve a meterse en el Airstream.

Quiero marcharme pero me siento incómodo de dejarla aquí. Sé que es una mujer adulta y que ha estado viviendo sola desde siempre, pero me parece extremadamente inseguro. Es una mujer humana frágil, aquí en el desierto, donde nadie podría oírla gritar.

Rodeo la caravana levantando la nariz para oler el aire. Ojalá estuviera en forma de lobo para poder tener una idea de lo que ha pasado por aquí. Me meto en un matorral de árboles y percibo un aroma que me conmociona.

Un metamorfo.

Un lobo macho.

¿Quién ha estado aquí? ¿Mi amigo Buzz?

¿O podría tener algo que ver con el laboratorio que estoy buscando? Tal vez un sujeto de los experimentos se haya escapado.

Miro otra vez la caravana, pensando en desnudarme para transformarme en mi animal, pero Sunny regresa.

—No sientas que tienes que quedarte, Titus. —Sonaría grosera si no fuera por una de sus radientes expresiones. Realmente le hace honor a su nombre.

De mala gana, camino de regreso.

—Sí, está bien. Voy a averiguar cuándo se arreglará su autobús. ¿Necesitas que te lleve al puente mañana para vender tus artesanías?

—Mis cosas están en el autobús. No me lo pensé bien cuando dejaste que el tipo se lo llevara.

Joder. Ahora me siento como el imbécil más grande. Y estoy seguro de que no confío en que esos coyotes drogadictos no le roben sus cosas. Estoy afectando la capacidad de ella para ganarse la vida.

—Pasaré a buscar tus cosas —le digo, a pesar de que es un largo viaje hasta allí—. Y te avisaré tan pronto como las tenga.

Ella pestañea esos ojos de gata hacia mí.

—Gracias, Titus.

—¿Necesitas algo más?

Se pone la mano sana en la cadera, pero es demasiado amable para recordarme que ya dejó en claro que no necesita nada de mí.

—Correcto. Bien. Estaré en contacto.

—¡Gracias de nuevo! —saluda alegremente.

No soporto sentir que me despacha, pero sé que lo hace. Maldición.

Balanceo una pierna para subirme a la moto y la pongo en marcha. Cuando regrese aquí, voy a transformarme en mi animal y rastrearé esos olores de alguna manera.

*Sunny*

—Cariño, estoy bien. Verdaderamente. Titus ha cuidado de mí. —Llamé a Foxfire tan pronto como me instalé en mi caravana, que funciona perfectamente sin estar conectada a la red eléctrica y genera energía solar para cargar mi teléfono móvil. Solo tengo que transportar mi propia agua si quiero ducharme más de una vez a la semana, porque Taos solo recibe doce pulgadas al año de precipitaciones.

Esta es la primera oportunidad que he tenido de hablar

con Foxfire, aunque nos hemos enviado mensajes de texto todo el día.

—Todavía no entiendo por qué Titus estaba allí. ¿Sois vosotros...? ¿Una *pareja* ahora o algo así? —Suena un poco asqueada con el pensamiento, pero a los hijos nunca les gusta pensar en sus padres como seres sexuales. Incluso con la educación sexual positiva que le di a Foxfire, es aprensiva al respecto.

—¡No! —Mi voz sale demasiado aguda—. Ha venido aquí por negocios. Me encontré con él en el puente del desfiladero. Y luego vino a la clase de yoga.

Foxfire hace un sonido chisporroteante como si acabara de atragantarse con un sorbo de agua.

—¿Qué? ¿*Qué*? —se ríe—. ¿Titus hizo *yoga*?

Yo también me río.

—Lo sé, cariño. Ridículo. Mira, había otro hombre en el puente y dijo que iba...

—Está bien, detente. No estoy segura de querer saber nada de eso.

—Bueno, tú preguntaste, cariño. Solo estoy tratando de explicarlo.

Ella hace un ligero sonido descontento.

—¿La explicación implica que tengas relaciones sexuales con el padre de mi esposo? Porque definitivamente no quiero oír hablar de eso.

—Vale, entonces el tema ahora está terminado.

—¡Oh, Sunny! ¡No quería saberlo! —se lamenta.

Mi hija siempre me ha llamado por mi nombre de pila porque quería criarla de una manera que le diera plena autonomía. Creo que los niños, como todos nosotros, son seres infinitos. Simplemente están atrapados en cuerpos pequeños y son subestimados por los adultos que los rodean. Traté de funcionar desde la suposición de que Foxfire tenía plena conciencia y podía tomar decisiones por sí misma, y yo solo estaba allí para ayudarla y guiarla cuando fuera necesario.

Me río.

—No te preocupes. Le envié de regreso. Estoy de vuelta en mi caravana ahora, y voy a estar bien, tan pronto como tenga mi autobús otra vez. Pero ya basta de mí. ¿Cuál es el estado del tema nietos?

—¡Uf! Por favor.

—Quiero nietos, Foxfire. Te envié una bolsita con una piedra lunar y cuarzo rosa para estimular la fertilidad.

—Dios mío, Sunny no. No la necesitamos.

—Oh, ¿ya estás esperando?

—¡Sunny!

—Si tienes problemas, podría ser por la cantidad de espermatozoides de Tank. Puedes hacer una prueba para asegurarte.

—No menciones el conteo de espermatozoides de mi pareja nunca más.

—Foxfire, sabes cuánto amo a los bebés.

Foxfire suspira pero su voz se suaviza.

—Lo sé, Sunny. Simplemente no hemos llegado a ese punto.

—Bueno, no esperes demasiado, cariño. Lo pasé tan mal, ya sabes. Simplemente no quiero que se te pase tu mejor momento y luego tengas los problemas que tuve.

—Sunny. No proyectes tus miedos en mí.

—Tienes razón, tienes razón —le digo de inmediato. Definitivamente adhiero a que los pensamientos crean realidades, y nunca debería cargarle a mi hija mis ansiedades—. Rodéate de amor incondicional y del conocimiento de que eres perfecta tal como eres. —Este es el mantra con el que solía enviarla a la escuela.

Escucho la sonrisa en la voz de Foxfire.

—Gracias, Sunny. Yo también te amo.

—Buenas noches, cariño. Dale un abrazo a ese hombre tuyo de mi parte.

—Lo haré. Adiós, Sunny.

# Capítulo Cinco

*Titus*

No sé qué diablos hago. Si creyera que Sunny es capaz de embrujarme, diría que es realmente una bruja y me hechizó. Pero obviamente no es el caso. No está buscando enredar a nadie en su red. No intencionalmente, al menos.

Sin embargo, estoy enredado. Es la única explicación que tengo de por qué siento que es necesario conducir su autobús con sus materiales en la parte trasera para que haga sus jardineras.

Es estúpido, de verdad.

Debería dejarle el vehículo y luego escabullirme para transformarme y olfatear a su alrededor y ver qué puedo encontrar. También tengo un trabajo pendiente para el alfa Green.

En cambio, estoy decidido a jugar al jardinero para una mujer que no quiere mi ayuda.

Joder, es cosa de locos.

No obstante, cuando Sunny cruza la puerta en toda su radiante gloria detengo el autobús y me olvido de toda mi renuencia a regañadientes. LLeva el cabello recogido en la parte superior de la cabeza en un moño retorcido que la hace parecer más alta y delgada. La sonrisa que se extiende por su rostro podría iluminar una ciudad entera.

Y el mero hecho de verla alivia la sensación de malestar que he tenido desde que la dejé anoche.

—¿Ya está arreglado? —Se acerca a mí—. ¡Es maravilloso!

—Los presioné un poco. —Me quedé con esos cabrones hasta que terminaron la reparación. Probablemente tuve suerte de que la manada no se volviera contra mí, pero me dio la sensación de que el alfa había dictaminado que esto era lo que me correspondía, por lo que el coyote tuvo que cumplir.

Sunny me da un beso breve en la mejilla. No es mi intención, pero mi brazo instantáneamente la rodea y tira de ese cuerpo ágil hacia el mío.

—¡Oh! —El pequeño sonido de la respiración de sorpresa hace que mi polla se ponga dura.

O tal vez sea su aroma a incienso y rosas que perfuman mis fosas nasales. O el ligero contoneo de sus pechos sin sujetador.

—¿Ocupada esta mañana? —digo antes de echármela al hombro para encontrar una superficie resistente donde follarla. Una mesa de picnic cercana me serviría, si no tuviera bloques de arcilla roja y un gran elemento en forma de palo que sobresale. Algo de esa forma me hace fruncir el ceño—. ¿Qué demonios es eso?

—Oh. —Un rubor se extiende entre sus pecas—. Una cosita en la que estaba trabajando. Me sentía inspirada.

Pretendo examinar la raíz erguida.

—¿Qué es?

—Es, ah, algo en lo que trabajo. —Se mete un mechón

de pelo detrás de la oreja y me mira con los ojos muy abiertos. Poco a poco, mi cerebro interpreta la forma. Me lo pienso dos veces. Sí, la arcilla tiene forma de polla.

—¿Qué diablos?

—El arte fálico era muy común en las civilizaciones antiguas. Estos modelos eran símbolos de fertilidad; se pensaba que traían buena suerte. —Sunny levanta la barbilla mientras me sermonea—. De todos modos, la modelé en tu honor.

—Demasiado pequeña —gruño. No sé qué demonios más decir. ¿Iba a cocer esa arcilla y usarla en sí misma? Mi polla está a punto de partirme los vaqueros. Me doy la vuelta antes de hacer algo estúpido, como lanzar sus materiales de arte al suelo y mostrarle que ningún modelo de arcilla puede compararse con el real.

—¿La quieres? —Sunny tentativamente me pregunta.

*Claro que no. Ya tengo una, cariño.*

—Guárdala. Es algo por lo que recordarme.

Hay una larga pausa incómoda mientras pienso en jugadores de fútbol sudorosos para que mi polla se baje.

Sunny se aclara la garganta.

—Entonces, ¿necesitas que te lleve de regreso al pueblo?

*Ah.* Tiene prisa por deshacerse de mí.

Maldita sea.

—Sí. Después de que termine. —Abro la puerta lateral del autobús y saco las macetas, la tierra y las flores.

Sunny jadea.

—¡Titus!

No la miro, porque si lo hago, me temo que terminará de rodillas en la tierra, conmigo embistiéndola por detrás. En cambio, gruño y paso dando pisotones, dejando las macetas pesadas, una a cada lado de su puerta. Las lleno hasta la mitad con tierra y luego coloco las tres variedades diferentes de flores que el jardinero recomendó y las meto en la maceta. Repito la acción en el otro lado. Todo el tiempo Sunny revolotea detrás de mí haciendo sonidos de aprobación.

Termino de asentar las flores con más tierra y me levanto quitándome la suciedad de las rodillas.

—¿Tienes agua?

Me doy la vuelta y encuentro a Sunny ya preparada con una jarra de plástico en la mano.

—¡Oh! —Nuestras manos chocan y el agua le salpica la parte delantera de su camiseta sin mangas. Los pezones se asoman en la tela delgada, turgentes y alegres.

Intento mirar hacia arriba. Realmente lo hago. Pero el mensaje no está llegando desde mi cerebro a mis ojos, que siguen pegados a esos capullos. Se me hace la boca agua y me aclaro la garganta.

Ninguno de los dos se mueve. No estoy seguro de que ninguno de los dos respire.

Tres... Dos... uno: pierdo el control.

La jarra se estrella contra el suelo y salpica el agua en nuestras piernas. La caravana casi vuelca con el impacto de nuestros cuerpos al golpear un costado. Reclamo su boca violentamente al mismo tiempo que le pellizco un pezón entre el pulgar y el índice.

Sunny chilla en señal de protesta y yo suelto los dedos, amaso su suave pecho mientras le muerdo y le lamo el cuello.

—Ven aquí —gruño, levantándola y llevándola dentro.

Todos los centros de placer se encienden de solo tenerla en mis brazos, sabiendo que estoy muy cerca de reclamarla.

La llevo al colchón y la acuesto, empujo la camiseta para darle más atención a los pezones. Raspo los dientes sobre ellos, los pellizco, tiro. Los chupo y los beso.

—Oh, Titus. Me vuelves loca.

—Lo locura es mutua, cariño. —Y no hay otro nombre para ello, sin duda—. ¿Quieres que te toque aquí? —Tomo su pubis, froto sobre los delgados pantalones cortos de lino. Intento contener mi agresividad y asegurarme de que ella realmente quiera esto. Especialmente teniendo en cuenta que estaba ocupada deshaciéndose de mí cuando llegué.

Se retuerce contra mi mano.

—No.

Me quedo quieto.

Joder.

—Quiero a Espartaco.

—¿Qué?

Me empuja hacia atrás, se sienta a horcajadas sobre mis piernas y me desabrocha los pantalones vaqueros. Soltando mi polla, la agarra por la base.

—Le puse Espartaco.

—¿Eh?

—Tu polla. La apodé Espartaco.

—¿Qué? No.

—Espartaco. —Ella me da un golpe que hace que mis bolas se tensen—. Porque está a la altura de las circunstancias.

—¿Qué? —Lucho por mantener mi línea de pensamiento—. No la llames así.

—Espartaco —se burla de los gruñidos y luego se ríe.

—Detente. No.

Pero luego baja la boca y lame alrededor de la corona.

—Sí. Demonios, sí, más de eso.

—¿Te gusta esto? —Usa una voz inocente y burlona. Su provocación me hace perder la cabeza.

—Menos hablar, más chupar, mujer —gruño.

—Vale, lobo. —Me lleva hasta el fondo de su boca y el

estremecimiento de placer que me recorre casi derriba la caravana.

Maldita hembra loca, poniéndole apodo a mi polla.

Mientras chupa, alcanzo a desabrocharle los delgados pantaloncillos de lino y quitárselos. Me mata que nunca use bragas. La hace aún más tentadora saber que el coño está *justo ahí.*

Le tomo el coño. Cuando froto mi pulgar en su hendidura, la encuentro empapada. Lista.

—¿Quieres que te folle Espartaco?

Cielos, ¿qué me pasa? Ahora también apodo a mi polla con su nombre de mascota. *En voz alta.* Ridículo.

Y un poco excitante.

—Sí —murmura.

Me levanto y cambio de lugar con ella para poder arrastrar mi lengua desde su entrada hasta su clítoris y volver a bajar. Sabe a magia. Luz de luna y polvo de hadas. Pétalos de flores y piedras preciosas.

Eso no tiene ningún maldito sentido, así que claramente me he vuelto loco. Voy a culpar a la próxima luna llena por toda esta locura. La luna llena y esta mujer salvaje y maravillosa debajo de mí.

Me quito los pantalones vaqueros.

—¿La quieres ahora?

—Ahora. —Araña mis mangas de camisa y me tira hacia abajo, sobre ella, con sus labios separados.

Oh, cielos.

El mundo gira cuando nos besamos. La tierra tiembla.

Oh, espera, ese podría ser la caravana.

O si no lo es, definitivamente lo será pronto.

La penetro con mi erección observando cómo su expresivo rostro se contorsiona de pasión. Tiene los ojos en blanco, la boca abierta. El gemido que emite debería estar en reproducción automática de cada vídeo porno.

—Eso es, amor —canturreo, a pesar de que nunca he sido el tipo dulce que habla en el dormitorio. Simplemente sale de mi lengua con facilidad.

Tiro mis caderas hacia atrás y vuelvo a penetrar, esta vez dejándome llevar por mi propio placer. Se siente tan bien. Tan bien. Ella es una humana menuda y podría partirla en dos con mi descomunal erección, sin embargo, recibe cada embate con generosidad.

Sunny es el tipo de mujer que puede dar y dar y dar.

Y no tengo idea de lo que me hace llegar a tal conclusión, pero sé que es verdad.

—Te sientes tan bien, sol. Tan bien.

—Conquístame, Espartaco.

Una carcajada explota en mi pecho. Me apoyo en mis puños junto a su cabeza y la penetro profundamente con fuertes bombeos rítmicos, que definitivamente el Airstream se sacude.

Sunny emite gemidos alocados y agudos. Desesperada, necesitada y de alguna manera agradecida.

La follo hasta que pierde la cabeza y balbucea tonterías. Bombeo hasta que yo pierdo la cabeza. Y luego le pellizco los dos pezones a la vez y exijo:

—Acaba.

Ella lo hace. Su coño se aprieta en mi polla y luego tiene espasmos cuando llega al clímax.

Espero hasta que haya terminado, la empujo hacia un lado y le subo el muslo para tener un ángulo diferente. Perfecto.

La monto de esta manera hasta que llego a mi liberación, con fuegos artificiales que explotan detrás de mis ojos, la habitación dando vueltas alrededor.

Cuando mi visión se despeja, me dejo caer y envuelvo un brazo alrededor de su cintura. Me mantengo en cuchara.

—No sabía cuánto necesitaba esto —confieso.

Cielos, ¿qué me pasa? ¿Nunca hablo de sentimientos y ahora lo suelto todo? Es como si me hubiera dado suero de la verdad o algo así.

—No sabía lo bien que se sentiría —continúo.

—Sanación sexual, cariño —dice Sunny con aire satisfecho.

Me pongo rígido y me vienen a la cabeza las imágenes de ella haciendo esto con innumerables personas. Es un alma de espíritu libre, nacida demasiado tarde para unirse al movimiento hippie de los años sesenta.

—Tranquilo, grandullón. —Se da la vuelta—. No te pongas celoso.

No sé cómo lee mi mente así. Mujer bruja.

—¿Cuántos? —Me atraganto.

Coloca su mano sana sobre mi pecho y balancea una pierna sobre mi regazo, a horcajadas sobre mí.

—Escúchame, Titus. No puedes preguntarme eso.

—Tienes razón —le digo rápidamente. Me he pasado de la raya. No sé por qué me siento tan posesivo con esta mujer.

Esta mujer que no será reclamada.

* * *

*Sunny*

Titus cree que elegí este estilo de vida por frivolidad. Pero la verdad es que no es el único que dejó una relación con una herida que nunca se cerró. Y aunque nunca hablo del tema, se siente importante decírselo.

—Todo lo que siempre quise fue establecerme y tener una familia.

Titus resopla pero cuando ve que hablo en serio, se queda quieto.

—Me casé joven. Solo un año después del instituto. Con un buen muchacho. Fue actuario de una compañía de seguros. Quería tener hijos, al menos tres. Y él quería ser el hombre adulto y apoyarme para que me quedara en casa y criara a los niños.

Titus me mira con incredulidad, como si estuviera haciendo una larga broma.

—Quería tener hijos desde que tengo memoria. Como llevaba muñecas a los tres años, probablemente, ya me parecía perfecto.

Titus se pone tenso.

—¿Qué pasó entonces? —Hay un gruñido de advertencia en su voz, como si fuera a arrancarle la cabeza a Jack.

—Nos casamos en una iglesia, asistieron nuestras familias y amigos, y compramos una pequeña casa de dos dormitorios en Kansas City. Cocinaba, limpiaba, plantaba flores y esperaba a quedar embarazada.

Veo un atisbo de comprensión en el rostro de Titus. Comprensión mezclada con horror. Me acaricia con su gran palma áspera en el muslo. No es sexual, más bien como si estuviera intentando calmarme.

—Me tomó un año y medio quedar embarazada. Y créeme, lo hacíamos. Me tomaba la temperatura todas las mañanas, seguía mi ciclo. Sabía cuándo ovulaba. No sé qué pasaba. Los médicos no podían entenderlo. Eventualmente quedé embarazada.

—Y lo perdiste. —La conmiseración en la mirada de Titus es casi demasiado para soportar.

Pestañeo rápidamente.

—La mayor decepción de mi vida —me ahogo.

Me aprieta ambos muslos, luego me tira hacia abajo para que cubra su cuerpo, donde me envuelve en sus brazos.

—Lo siento, ángel. Debe de haber sido horrible.

—Sí. Mi propia pesadilla. Después de tres abortos espontáneos más, Jack no pudo soportarlo. Me pidió el divorcio y me echó. Se volvió a casar seis meses después y su nueva esposa quedó embarazada de inmediato.

—Cristo, Sunny. —La voz de Titus se quiebra un poco.

Me encojo de hombros contra su pecho. La tristeza que enterré tan profundamente, aquella de la que he estado huyendo todos estos años, aparece, pero acostada sobre el fuerte pecho de Titus parece me consume menos de lo que solía sentir.

—No tenía educación universitaria. No quería volver arrastrándome ante mis padres, especialmente porque no habían apoyado que me casara tan joven. No quería escuchar *te lo dije*... Una amiga de una amiga que se ganaba la vida haciendo joyas me invitó a unirme a ella en el circuito de arte y artesanías. La ayudé mientras descubría qué podía hacer yo que se vendiera y no compitiera con ella, y he estado haciendo el circuito desde entonces.

—¿Y luego conociste al padre de Foxfire? ¿Qué pasó con él?

—Johnny. Sí. No era el tipo que sienta cabeza para casarse. Era un hombre muy amable. Tuvimos chispa de inmediato. Como tú y yo.

Titus arruga el ceño pero sus ojos grises permanecen fijos en mi cara y no interviene.

—Tenía una familia muy retrógrada. De algún tipo de

culto, realmente. Y no le permitían dejar el rebaño ni casarse ni nada. También estaba vendiendo mercancías en el circuito. Así es como nos conocimos. Nos conectamos. Era su primera vez con una mujer, y ni siquiera pensó en los condones. No insistí porque... bueno, sabía que no soy exactamente una diosa de la fertilidad y obviamente él estaba sano.

—Pero quedaste embarazada.

—Sí. Ya nos habíamos separado cuando me enteré, y él se sintió terrible. Habló de dejar su culto para venir a vivir conmigo, pero yo no quería ese tipo de presión. Ya había tenido la casa ideal y el esposo proveedor, y fue fatal. La presión de ser perfecta era demasiado para estar a la altura, ¿sabes?

La mandíbula de Titus se flexiona.

—Sí, pero él tenía una responsabilidad. Me refiero a tu niña.

Me río.

La mirada gris acero de Titus me perfora.

—Hizo lo mejor que pudo. Me enviaba dinero en efectivo cuando podía reunirlo, pero era tan pobre como yo. Yo le mandaba fotos. Funcionó bien. Honestamente, quizás sea más fácil criar a un niño por tu cuenta. Nadie con quien discutir sobre cómo deberían ser criados.

Titus se encoge de hombros.

—Cierto. Aunque todavía no entiendo cómo un padre podría vivir sin su hijo. No es natural.

Inclino la cabeza, notando las nubes de su aura.

—Nunca la perdonaste por irse, ¿verdad?

Titus se pone rígido, sus abdominales se vuelven duros como una roca como si necesitara protección. Paso mis uñas ligeramente por su pecho, sobre su vientre.

—No, no lo hice. Pero ella no solo nos dejó. Me costó mi

trabajo. Mi sustento. Malversó miles de dólares de la compañía para la que trabajaba y luego se fue.

No puedo ocultar mi sorpresa.

—Guau. Traición total.

—Correcto.

—Apuesto a que sentiste que ni siquiera sabías quién era después de que se fue.

Se apoya sobre los codos.

—Exactamente. ¿Cómo lo sabes?

Me encojo de hombros.

—Sentí la energía. Lo lamento mucho, Titus. Así que tienes que saber que no tuvo nada que ver contigo, ¿verdad? Ese es el tipo de persona que es. Ella habría hecho eso con cualquiera.

—Yo fui el idiota que decidió aparearse, quiero decir, casarse con ella.

—No. No te equivoques. Tu elección resultó en Tank. ¿Cómo puedes arrepentirte de eso?

La cara de Titus se suaviza.

—Tienes razón. Sí. Totalmente. —Se frota una mano por la barba. Después de un rato, dice—: Lo entiendo ahora.

—¿Qué?

—Entiendo por qué no te estableces en un lugar.

Contengo la respiración, no estoy segura de querer escuchar su evaluación de mí. Es generalmente cuando me hieren los sentimientos.

—Sentiste que fallaste —dice.

Las lágrimas me pican en los ojos. Titus levanta una mano y me acaricia la mejilla.

—Pero, la verdad, Sunny, es que fue perfecto. Sé que crees que el Universo te respalda y todo ese rollo. Tal vez el Universo simplemente no quería que quedaras atrapada con ese imbécil, criando hijos enclenques de cara pálida. El

Universo quería que tuvieras una gran hija audaz y brillante, que fuera fuerte y tan excéntrica como tú.

Le miro.

—No estoy segura de si eso fue un cumplido.

—Demonios, sí, es un cumplido. Hiciste un buen trabajo criando a una niña con inteligencia, determinación y el espíritu de un guerrero. Entonces, ¿cómo puede estar mal?

Le sonrío como un idiota. Él me devuelve la sonrisa. Entonces me gruñe el estómago.

—Volvamos al pueblo y almorcemos antes de ir al desfiladero —ofrece Titus.

—Sí, vale. —Me bajo de él, permitiendo que me envuelva el cálido resplandor de sus palabras. Me pongo un vestido de verano y un par de sandalias. Por primera vez con Titus, siento como si estuviéramos en sintonía, y realmente me gusta mucho cómo se siente.

* * *

*Titus*

Después del almuerzo, Sunny me deja en mi casa y se dirige al puente donde trabaja.

Todavía estoy ansioso por volver y olfatear en forma de lobo los alrededores de la caravana de Sunny, pero voy a esperar hasta esta noche. Habrá luna llena. Si hay otros metamorfos cerca, podrían estar a la caza. Y yo, encontrar lo que busco.

Mientras tanto, me dirijo al pueblo y me detengo en los bares locales de baja categoría, preguntando por mi amigo Buzz.

Nadie ha oído hablar de él. Y tampoco tengo la sensación de que estén mintiendo. Tal vez mi amigo ya no ande por estos pagos.

Termino caminando por la plaza donde todo me recuerda a Sunny. La cantina donde tomamos unas copas. El sitio donde estaba parado cuando escuché el impacto en el autobús. La azotea donde alguien me provocó la erección de mi vida.

Cuando antes estos pensamientos solían irritarme, ahora todo lo que siento es calidez por la bella humana. Escucharla hablar de sus dolores del pasado me dejó todo claro. Ha estado huyendo para evitar el tipo de rechazo que recibió de su esposo.

Quisiera romperle la cabeza al tipo, aunque me alegra que Sunny ya no esté casada con él. Aún así, la sometió a un gran dolor. Debe de haberse sentido tan inadecuada y sola cuando la echó...

Un gruñido me sale de la garganta y los turistas que pasean por aquí me esquivan.

Quiero demostrarle a Sunny que no tiene que temer al rechazo. Puede establecerse de nuevo. No para formar una familia, obviamente, sino para vivir en una casa de verdad con macizos de flores.

Y conmigo.

Espera, no. Es una locura. Soy un lobo y Sunny es humana. Las relaciones con los humanos están prohibidas.

*Mira a Garrett*, susurra mi lobo. El hijo de mi alfa, Garrett Green, tomó una compañera humana. La excusa fue que ella es psíquica y tiene habilidades especiales.

Pero mi Sunny también es especial. Puede que no sea psíquica completa, pero ciertamente es muy intuitiva. Vio a mi lobo en el ojo de su mente. En algún nivel, sabe lo que soy, simplemente no tiene un contexto para comprender esta realidad.

Me encuentro fuera de la tienda de chocolates donde Sunny vino el otro día después de que nos peleamos y abro la puerta. Suena una alegre campanilla atada alrededor del pomo y la amiga de Sunny de la clase yoga me mira con una sonrisa.

—¡Oh, hola! —grita—. Eres el amigo de Sunny.

¿Es extraño que me enfade que no dijera que soy el hombre de Sunny?

Definitivamente.

—Sí. Soy Titus.

—Adele. —Extiende su mano sobre el mostrador y se la estrecho. El lugar huele a azúcar y chocolate y... al leve hedor de un coyote.

Por favor, que Adele no salga con uno de esos coyotes de mala vida. Parece mucho mejor que para eso. Por decir lo menos, ya que es humana.

—¿Qué puedo ofrecerte?

Estudio rápidamente las vitrinas.

—¿Qué, eh... qué le gusta a Sunny de aquí?

Una amplia sonrisa divide la cara de Adele.

—¿Le vas a comprar un regalo? ¡Tengo justo lo que necesitas! —Coge una cajita y usa unas pinzas para colocar cuatro trufas perfectas que son como pequeñas obras maestras de arte. Demasiado bonitas para comerlas, de verdad—. A ella le encantará esto. —Pone una tapa en la caja y la envuelve con una bonita cinta.

Saco dinero.

—¿Cuánto?

—Diez dólares, por favor.

Cristo, diez dólares por cuatro trufas. Supongo que saben

tan bien como se ven. Pero no me importa. Habría pagado cincuenta dólares por algo que hace que Sunny se sienta especial. Entrego un billete de diez dólares y acepto la cajita.

—Gracias. Te lo agradezco.

Cojo el regalo y salgo con paso ligero. Hice planes para volver a ver a Sunny mañana.

Esta noche, husmearé en los alrededores de su caravana en forma de lobo y olfatearé la zona, pero ella no necesita saberlo. Espero obtener más información, cualquier cosa de valor, antes de llamar a mi alfa para informarle.

# Capítulo Seis

S*unny*
El largo y triste aullido de un lobo me despierta en la noche.

Hay luna llena.

Escucho coyotes todo el tiempo, pero nunca antes había escuchado a un lobo. No estoy segura de cómo sé que es un lobo, pero lo sé. Al vivir en una caravana, a menudo parece que los animales están cerca, justo al lado de las delgadas paredes. Por lo general, me encanta, pero esta noche un escalofrío me recorre la columna vertebral.

A pesar de que hace calor, me tapo hasta la barbilla.

Oigo un crujido debajo de mi ventana. El sonido de un jadeo.

Oh, cielos, el lobo está justo afuera. Un lobo real, no un animal espiritual.

Me siento y corro la cortina a un lado para asomarme. La luz de la luna ilumina claramente a un lobo negro gigante con brillantes ojos ámbar, olfateando el suelo alrededor de mi caravana.

Mi corazón se salta un latido.

Otro lobo aúlla más lejos. El lobo negro levanta la cabeza y ladea las orejas para escuchar. Se detiene, esperando. Escuchando.

Contengo la respiración.

Otro aullido, esta vez más cerca.

El lobo muestra sus dientes y gruñe.

Un lobo plateado salta de la espesura cercana y de repente los dos lobos se enredan en una caída, gruñendo.

Grito.

Cerca de allí, el ruido de más gruñidos se une a la refriega, como si otros lobos se aproximaran.

Otro lobo negro salta del bosque y se une a la lucha. Luego dos más.

Grito de nuevo; esta vez me levanto y salgo. No sé qué creo que voy a hacer, asustarlos, tal vez. Detener la lucha.

Uno de los lobos negros vuelve sus colmillos blancos hacia mí con un gruñido.

El lobo plateado escapa de la pelea con un gruñido, aterrizando entre el lobo negro y yo, de espaldas a mí. Se le eriza el pelaje, sus colmillos relucen a la luz de la luna. El sonido que sale de su garganta es aterrador.

Y, sin embargo, parece que me está protegiendo. Lo cual no tiene sentido.

Los otros cuatro lobos forman un semicírculo frente a nosotros, gruñendo, pero luego el más grande se sienta, abandonando su comportamiento agresivo. Claramente es el alfa, porque los otros tres imitan inmediatamente al lobo más grande, sentándose.

El lobo plateado continúa gruñendo, mostrando los dientes. Retrocede, acercándose a mí, así que también tengo que retroceder. Los otros lobos observan.

No conozco el comportamiento lobuno lo suficiente

como para entender qué sucede, pero definitivamente siento temor.

El lobo plateado retrocede más hasta que sus patas traseras golpean las mías. Luego gira ligeramente y me mira como si estuviera intentando meterme en la caravana.

Y es entonces cuando un nombre inesperado brota de mis labios.

—¡Titus!

Miro fijamente al lobo. No sé qué me hizo decirlo, pero siento la misma energía. Este animal gruñón y con colmillos tiene la misma vibra ruda y protectora que Titus tenía cuando me dejó hoy.

Pero no tiene sentido.

El gran lobo negro se levanta y se va al trote como si nada acabara de pasar. Ni siquiera se molesta en mirar atrás, como si supiera que no hay posibilidad de que el lobo plateado ataque. Los otros tres le siguen un momento después y suelto un suspiro tembloroso.

—¿Titus? —susurro.

¿Me he vuelto loca? Una cosa es ver con mi tercer ojo un animal espiritual, algo más allá del velo. Otra, creer que un lobo real es el mismo ser con quien estuve antes.

El lobo vuelve sus intensos ojos azules hacia mí.

Mi estómago se revuelve.

Es el mismo lobo de mi visión.

Definitivamente.

—¿Titus? —Lo intento de nuevo.

Y de repente hay un movimiento borroso, un crujido de huesos, y el hombre se para frente a mí.

Un macho desnudo, polla erguida.

Hermoso.

El poder irradia de él.

¿Es magia? Porque ciertamente es mágico si puede cambiar de forma a voluntad.

Tropiezo hacia atrás de repente asustada. Estiro la mano para agarrarme de la caravana.

—¿Qué... eres?

Sus ojos todavía brillan con un azul intenso, no con el gris rocoso que deberían tener. Los dientes aún relucen extrablancos, los caninos siguen demasiado largos.

—Entra —dice con voz es cruda y áspera, como si hubiera olvidado cómo hablar.

Tiemblo, aunque no puedo decir si es por miedo o algo más. Anticipación. Deseo.

Probablemente todas esas cosas.

—Eres un lobo.

—Sí. —Avanza hacia mí con el resplandor del depredador en esos ojos azules, y me veo obligada a retroceder en la caravana.

—¿Titus?

Entonces me doy cuenta.

Los hombres lobo son reales. Titus es un hombre lobo y hay luna llena, lo que significa ...

Oh, cielos, ¿qué significa?

—¿Qué te pasa cuando hay luna llena? —Mi voz suena tan cruda y áspera como la suya ahora.

Me levanta el delgado camisón de algodón con el que estaba durmiendo por el dobladillo y tira de él por encima de mi cabeza.

—Vamos a averiguarlo.

Quedo desnuda. Titus está desnudo. El aire se carga de energía entre nosotros, listo para la chispa incendiaria.

La mayor parte del temor se desvanece. Si me va a comer, no creo que sea a la manera del Lobo Feroz.

—Titus...

Su torso choca contra mi pecho mientras me presiona en una pared. No sé lo que quiero de él: una explicación, una discusión, pero no se dispone a ello. Todavía es medio bestia y su lado salvaje quiere ponerse juguetón.

Bien, entonces. Me apunto.

Todo lo que se necesita es un toque.

Cuando agarro su brazo con mi mano sana para estabilizarme, se abalanza sobre mí con la boca bajando para un beso abrasador y los brazos agarrándome por debajo del culo para levantarme. Me lleva a la cama y cae sobre ella conmigo debajo de él. Su aliento me calienta el cuello mientras arrastra su boca abierta desde mi oreja hasta el hombro. Su polla se encaja entre mis piernas, rozando los pétalos húmedos de mi sexo.

Una estocada y ya está dentro de mí, sin que ninguno de nosotros guíe el camino. Bombea dentro y fuera, todavía besando y chupando a lo largo de mi cuello, mi oreja, mi boca. Su lengua se hunde entre mis labios.

—¡Titus! —Parece ser lo único que soy capaz de jadear. Envuelvo mis brazos alrededor de su cuello y balanceo la pelvis en concierto con la suya, llevándole más profundo, recibiendo toda la peligrosa pasión que desprende.

Titus siempre es un amante rudo. Esta vez no es diferente, pero hay un cambio. La ira y la frustración subyacentes que generalmente suele transmitir se han ido. Ahora está desnudo y su pasión animal se ha desatado sin control.

Y me devora.

La carne choca con la carne, la caravana se mece y cruje tan fuerte que temo que se desprenda de los tornillos. Dondequiera que me toca me hace consciente del calor abrasador. Se pone de rodillas, sostiene mis caderas, me levanta y me inclina en un mejor ángulo para follar con fuerza.

Pierdo el aliento. A pesar de que mi propia necesidad también está fuera de control, mi cuerpo se muestra flexible y dócil, reaccionando instintivamente a su extrema agresividad. Debe saber que si impongo mi propia voluntad, intentando dirigir la acción, podría resultar en dolor. Entonces me someto, me entrego a las sensaciones, al placer, a la prisa de mi cuerpo para encontrarme con el de él y recibirle.

Gruñe y vuelvo a ver al lobo justo debajo de la superficie. No el lobo real, sino su espíritu de lobo.

Pero esta vez me toma de improsivo cuando hinca los dientes en mi hombro.

Me duele y apenas registro el dolor. Es lo opuesto a una experiencia extrasensorial. Estoy tan en mi cuerpo que me inunda de sensaciones. La experiencia es como si sus dientes tuvieran que clavarse en mi hombro en el momento del orgasmo. Como si se tratara de un ritual que he conocido en secreto durante toda mi existencia, pero que solo ha florecido en mi conciencia en este momento.

De pronto llego al clímax con los ojos en blanco, el coño apretándose y soltándose alrededor de su polla.

Y entonces me dejo llevar, surfeando el borde de la conciencia de tantas dimensiones.

* * *

*Titus*

El intenso sabor de la sangre en mi lengua me trae completamente de vuelta.

Oh, joder.

¿Qué he hecho?

—¿Cariño? —murmuro suavemente, lamiendo la herida de Sunny para acelerar la curación.

Gracias al cielo, creo que no he tocado ninguna una arteria. La pérdida de sangre es mínima y la herida no parece demasiado profunda.

Acabo de violar la ley de la manada. Primero, dejé que una humana me viera transformarsme, luego la marqué. Ambos actos están prohibidos. Y la más antigua de las leyes me obligaría a matar a cualquier humano que se entere de la existencia de nuestra especie.

Lo que obviamente no va a suceder.

Pero maldita sea. Realmente metí la pata. Mi alfa va a pedir mi cabeza. Podría perder mi lugar en la manada, otra vez.

Otra vez, por una una hembra.

Pero mi autoflagelación no tiene cabida aquí en este momento. Necesito cuidar a mi hembra que está herida, probablemente asustada y confundida.

—¿Fue eso una mordida de amor? —murmura.

—¿Qué? —Una risa ahogada sale de mis labios. Mi loca y brillante mujer. Ni siquiera sabe lo que sucedió.

—¿Fue una mordida de amor? ¿Me voy a convertir en un mujer loba ahora?

Ahogo una carcajada dejando caer mi cara en el hueco de su cuello, besando a lo largo de su línea de cabello.

—No funciona de esa manera. Somos una especie distinta. No es contagioso como una enfermedad.

—Me siento tan estúpida —gime Sunny—. Veía lobos todo el tiempo y pensaba que eran animales espirituales. Al igual que los chicos de los clubes de motociclistas, que comparten un espíritu animal similar y eso es lo que los une.

—No es estúpido. —La beso un poco más—. Eres increíblemente intuitiva. Viste lo que tratamos de ocultar.

Sunny jadea y me empuja hacia atrás para poder mirarme.

—¿Y Foxfire?

Asiento.

—Es cambiante de zorra. No se le manifestó hasta que conoció a Tank.

Sunny se cubre la boca con la mano.

—¡Oh cielos! ¿Cómo pude no saber esto de mi propia hija?

—¿No lo sabes? —La incredulidad tiñe mis palabras—. La llamaste *Foxfire*. Definitivamente lo sabías en algún nivel. Simplemente no encajaba en esta realidad, así que no sabías cómo categorizarla.

Los ojos de Sunny se iluminan con un brillo de lágrimas y acaricio mi pulgar sobre su mejilla, le beso la frente.

—Lamento no habértelo dicho, sol. Está prohibido.

Ella asiente y traga saliva.

—Ya veo. Sí. Entiendo. —Pestañea y prácticamente puedo ver su mente zumbando sobre todo lo que pasó esta noche—. ¿Y esos otros lobos?

Mis hombros se tensan.

—Cambiantes. Capté su olor antes, así que volví a olfatear en forma de lobo. Había un grupo entero corriendo. Mi lobo se volvió loco con la necesidad de protegerte.

Sus ojos se enternecen y las comisuras de su boca se levantan por un momento antes de volver a caer.

—¿Crees que querían hacerme daño?

Me pongo de lado, tirando de su suave cuerpo hacia el mío. Espartaco llama la atención como si se estuviera preparando para los Juegos Olímpicos. *Abajo, chico.*

—No. Pensé que sí, pero tan pronto como vieron que te estaba protegiendo, retrocedieron. Y definitivamente podrían haberme llevado. Eran cuatro contra uno y tenían a la juventud y el mando alfa de su lado.

—¿No los conoces?

Niego con la cabeza.

—No ha habido una manada en estas partes de Nuevo México en veinte años. Sé de un lobo solitario en el área que he estado tratando de encontrar. Por alguna razón, la manada que acabamos de ver no es conocida.

—Entonces, ¿hay una especie de registro público de manadas o algo así?

No puedo evitar la risita que se me escapa. Parece ser un evento recurrente desde que marqué Sunny. Como si mi lobo pudiera calmarse y disfrutar ahora.

El tonto ni siquiera sabe que hemos pasado la edad de apareamiento y acaba de marcar a una humana, no a una loba.

—No, pero la comunidad es reducida. Las manadas se reúnen con otras en su región y realizan carreras anuales para promover la cría. Si no lo hiciéramos, nuestra especie no sobreviviría. Simplemente no somos muchos. Así que descubrir que aquí hay una manada fuera del radar es sospechoso.

Sunny se toca en el lugar donde la marqué y hace una mueca.

—Lo siento. No volverá a suceder, lo prometo.

—¿Fue por la luna llena? —Pestañea esos ojos grandes y brillosos hacia mí.

Fuerzo una sonrisa.

—Sí. Una cosa de luna llena. —Es solo una mentira a medias. La luna llena definitivamente contribuyó a que perdiera el control de mi lobo. Solo que no necesito decirle el significado de la mordedura.

Pero es estúpido. Si se lo menciona a Foxfire, su hija

seguramente se lo explicará. La mordida de apareamiento le incrustó aroma en su piel permanentemente.

Sunny tiene mi marca, y una vez que una hembra está marcada, su pareja la seguirá hasta los confines de la Tierra para estar cerca de ella. Para protegerla y proveerla. Si ella quiere que lo haga o no.

Y en el caso de Sunny, ya sé que *no*.

Además, no es una loba y no tenía permiso de mi alfa para aparearme con una humana. Lo mejor que puedo hacer es fingir que no sucedió. Sunny nunca querría estar atada cuando es demasiado independiente. Además, aparearme con ella es una violación del código de la manada.

Sin embargo, si Sunny descubriera el significado, podremos discutirlo. Pero no voy a mencionarlo antes.

—¿Titus?

—¿Sí? —Le retiro el pelo de la cara. Su piel luce pálida a la luz de la luna que brilla por la ventana.

Es como una especie de diosa de la luna. Encantadora, delicada, etérea. No es realmente de este mundo.

—¿Me mostrarás el lobo de nuevo? ¿Por favor?

Sonrío ante la emoción en su voz. Es imposible negarle esto.

Aún así, tengo que explicarle las leyes.

—Se supone que no debes saberlo, cariño. Está prohibido hacerlo frente a humanos.

—¿Por favor? ¿Solo una vez más? Es tan hermoso. Quiero ver la magia en movimiento.

Me bajo de la cama, sacudiendo la cabeza.

—No es magia. Solo una biología diferente. —Me agarro el cuello y me muevo, cayendo a cuatro patas.

Su jadeo provoca un efecto en mis centros de placer. Mi lobo se acicala.

Ella se sienta en su gloriosa desnudez. Mi aroma sobre ella, es aún más glorioso.

—Titus —respira. Puse mis patas sobre la cama y apoyé mi barbilla en su muslo—. Oh, cielos, eres hermoso. —Me acaricia las orejas, me frota el desaliñado pelaje—. Increíble.

Vuelvo a transformarme y me tumbo en la cama junto a ella.

—Ahora lo has visto. Debes jurar que nunca hablarás de ello con otro humano.

—Lo juro —respira.

—¿Crees que puedes abstenerte de decírselo a la manada que conoces? ¿Incluso a Foxfire?

—¡Oh! —A Sunny no le gusta eso. Estoy seguro de que quiere llamar a Foxfire de inmediato para hablar del tema—. Bueno, por supuesto que no quiero que te metas en problemas. Esperaré hasta que ella misma me lo revele, entonces. Nunca diré que te vi cambiar. Promesa. —Mueve su meñique en señal.

Me río y le muerdo el dedo en lugar de vincular el mío con él.

—¿Cómo está ese brazo roto? No te lastimé durante el sexo, ¿verdad?

—No. —Enrolla el brazo enyesado alrededor de mi cuello y me tira hacia abajo sobre ella. Mi boca se une a la suya y me sumerjo una vez más en el placer.

Rafe

Interesante.

Un lobo solitario corriendo en nuestro territorio.

Enfrentándonos con cuatro de nosotros para defender a una hembra humana.

Llevo a la manada de regreso a nuestro campamento en la base de la montaña Taos.

Una manada de ciervos que yacía entre un autobús escolar y el campamento de tiendas de campaña se apresura y se aleja corriendo, sus cervatillos la siguen con las patas delgadas.

Malditos ciervos. No deberían estar dando vueltas alrededor de una guarida de lobos. Pero Allison, la Blancanieves de los cambiantes inadaptados, atrae a nuestro campamento a todas las formas de vida silvestre imaginables.

Nos transformamos en el zaguán, nos ponemos vaqueros y camisetas antes de entrar en una cabaña grande pero rústica.

Hubo un tiempo en que este era el retiro de invierno de alguien. Ubicada justo más allá de Arroyo Seco en el camino hacia el valle de esquí, es una propiedad inmobiliaria de primera. Pero nos pareció aún más perfecta para establecer nuestras operaciones aquí, y con nuestros ingresos de mercenarios, pudimos costearla sin probelamas.

—¿Quién diablos era ese? —mi hermano Lance expresa la pregunta obvia.

—Joder si lo sé. Un turista, tal vez —me aventuro.

—¿Qué hacía con una *humana?* —Deke espeta. Es medio salvaje. Matar es demasiado fácil para él. Siempre lo estoy observando en caso de que pierda los estribos y se vuelva peligroso.

—No lo sé, pero quiero que tú y Lance le vigilen. Quiero saber por qué está aquí y cuándo se va. Quién es la hembra. Cualquier cosa que se pueda averiguar.

—¿Quieres que le dé una paliza? —Deke se ofrece esperanzado.

Niego con la cabeza.

—No. Permanece en las sombras por ahora. No queremos que se corra la voz de que tenemos presencia aquí. Especialmente con nuestra actual colección de animales.

—Entendido, jefe.

# Capítulo Siete

S*unny*

Me despierto con el sonido del metal retumbando fuera de la caravana. El dolor entre mis piernas y la herida de mi hombro me recuerdan todo de vuelta.

Titus.

Mi lobo.

Me pongo un albornoz corto y fino estampado de rosas y salgo. El aire todavía huele al frío matutino y el olor a pino y salvia me invade las fosas nasales.

Titus tiene mi autobús levantado porque le ha quitado los neumáticos.

—Buenos días. —Mi voz, todavía apagada, tiene una cualidad ronca.

Él mira hacia arriba, su expresión más suave de lo que nunca la he visto.

—Buenos días para ti, sol.

—¿Qué estás haciendo?

—Roto tus neumáticos. Uno necesita un poco de aire. Puedo inflarlo la próxima vez que estemos en el pueblo.

—Sé cómo... —empiezo a decir, pero me silencia con el ceño fruncido.

Sonrío. Vale, quiere ayudar. Que ayude. Es bueno tener a alguien que asuma la carga para variar. Simplemente no quiero acostumbrarme demasiado porque Titus ya se ha convertido en alguien que me importa mucho.

Alguien a quien me dolería dejar.

*No te vayas, entonces.* Ese es el susurro que escucho en mi cabeza.

La última vez Titus me dio a entender que no estaba listo para una relación. Y cuando nos encontramos por primera vez en el puente, todavía no creía que lo estuviera. ¿Pero ahora?

Después de anoche, que ve que le he aceptado por lo que es, tal vez las cosas realmente podrían funcionar entre nosotros.

Excepto... espera. Si tiene prohibido revelarse ante mí, eso probablemente signifique que también tenga prohibido tener una relación conmigo. Abro la boca para preguntarle, pero me detengo.

Me siento absolutamente feliz esta mañana, todavía caliente y radiante por tenerle en mi cama. No quiero arruinar el momento y ponerle fin a esto que tenemos.

Estoy segura de que naturalmente llegará la propia conclusión. No necesito apresurar las cosas.

Excepto que no quiero perder mi corazón en el proceso.

*Ya lo has perdido*, me dice el susurro. Bueno, mejor haber amado y perdido que no haber follado nunca. No haber amado nunca. Como sea.

Me doy la cadera contra el marco de la puerta de la caravana cuando me dirijo a preparar el desayuno de Titus. Tortitas de plátano y nueces sin gluten con bayas frescas y nata. Desafortunadamente no tengo carne en la nevera, pero si hago bastantes panqueques podría satisfacerle.

Me río en voz alta pensando en su apetito. No es de extrañar que coma tanto: el metabolismo de un lobo debe de ser fuera de serie.

Cuarenta minutos más tarde, preparo la mesa de picnic con un bonito mantel y un frasco de flores silvestres frescas, luego sirvo el desayuno. Titus engulle la comida en la boca con entusiasmo.

—Esto es bueno —dice entre bocados—. Realmente bueno.

—Entonces, ¿de verdad estás aquí por el asunto de *los lobos*?

Se limpia la boca con una servilleta.

—Sí.

—¿Te enviaron a buscar otros lobos?

—No exactamente, pero sí, más o menos. —Me estudia por un momento, y puedo leer sus pensamientos con claridad. Quiere decírmelo, pero se debate con su sentido del honor. Las cosas son blancas o negras para este tipo.

—Ya me has dejado entrar en esto, también podrías contarme toda la historia —le animo.

—Mira, Sunny, el padre de Foxfire, Johnny, se convirtió en parte de un proyecto de investigación del gobierno sobre cambiantes. Murió en cautiverio.

—¡¿Qué?! —Mi boca se abre con horror.

—Vinieron después por Foxfire, hace dos años, cuando descubrieron que Johnny tenía una hija. Quién sabe, tal vez estaban interesados en la genética mestiza. Esos tipos que destrozaron tu caravana Airstream no eran mafiosos. Eran hombres que buscaban capturar a Foxfire.

Unas punzadas heladas me recorren los brazos y la columna vertebral.

—Pero Tank la protegió —añado y vuelvo a los recuerdos de hace dos años, viendo cómo las piezas sueltas se reorganizan—. Así es. Las manadas han estado buscando estos laboratorios y destruyéndolos. Teníamos noticias de que podría haber uno por aquí, así que mi alfa me envió a una misión de investigación. Para ver si podía descubrir algo.

Generalmente trato de no polarizar demasiado sobre nada. Lo correcto y lo incorrecto, lo bueno y lo malo, son subjetivos, realmente. Quiero tener en consideración todas las cosas. Ser una con la naturaleza y el Universo. Pero a la mierda con eso. Esos hombres mataron a alguien que me importaba y persiguieron a mi hija.

Definitivamente están equivocados.

Y el único derecho que veo aquí es hacer todo lo posible para ayudar y buscar justicia, y rescatar a cualquier otro cambiante que pueda correr peligro.

Entrecruzo los dedos y me inclino hacia adelante.

—Vale, entonces, ¿qué estamos buscando?

—¿Estamos?

Me siento más derecha.

—Así es. Estas personas mataron al padre de mi hija y trataron de tomarla prisionera. Maldita sea, voy a ayudarte a encontrarlos.

Titus asiente.

—Tengo que respetarte. Muy bien. Bueno, todos los laboratorios se han ubicado en lugares remotos, áreas silvestres que son propiedad del gobierno. Los laboratorios reales son búnkeres de hormigón, dentro de terrenos cercados con torres de vigilancia y cámaras de seguridad.

Algo me suena familiar. He oído hablar de un lugar como ese en el bosque de Carson. ¿Quién me lo dijo?

Mis ojos se abren de par en par.

—¡Lo tengo! —Me levanto tan de golpe de la mesa de picnic que me doy la parte superior de los muslos contra la madera—. ¡Ay!

—Cuidado, cariño. —Titus me agarra el codo enyesado y me estabiliza—. ¿Qué es?

—Tuve una cita con un tipo...

Titus gruñe tan fuerte que me asusta. Quiero decir, sé que nunca me haría daño, pero mi cuerpo reacciona instintivamente, congelándome. La herida en mi cuello palpita.

—Basta —regaño, recuperándome—. Era un idiota y me fui temprano de la cita. No me estás escuchando.

—Lo siento. —Titus sacude la cabeza como para recuperar sus sentidos. Camina alrededor de la mesa de picnic, me levanta por la cintura y me alza como si no pesara nada—. Dime.

—Um...¿Supongo que tú también tienes fuerza sobrehumana?

—Sí. Adelante.

Me lamo los labios, excitada por esta demostración de fuerza, perdiendo momentáneamente el hilo de mis pensamientos.

—Oh, sí, el tipo me estuvo contando cómo se perdió en el bosque nacional Carson y se encontró con ese edificio de aspecto gubernamental. Estaba seguro de que albergaban extraterrestres allí. U otra conspiración del gobierno. Pensé que era un loco total y no le di importancia a toda la historia, hasta ahora.

—¿Sabes dónde queda exactamente?

—No, pero podríamos preguntarle. Trabaja en la tienda de botas de esquí del pueblo.

Titus frunce el ceño.

—¿Quién compra botas de esquí en verano?

Me río.

—¡Exactamente! No sé por qué no cierran durante el verano. Supongo que venden bastantes camisetas y otros artículos turísticos para que funcione. De todos modos, ¡vámonos! —Rápidamente apilo nuestros platos y recojo el mantel y las flores, todo en un brazo.

Titus se apresura a quitarme todo de las manos y lo lleva dentro. Cuando le veo parado en mi fregadero lavando platos, quiero saltarle encima pero no hay tiempo.

—Deja los platos, hombre lobo. ¡Busquemos ese laboratorio!

Titus se vuelve y frunce el ceño, mirando hacia abajo a lo largo de mi cuerpo.

—Odio decirlo, pero creo que ponerte ropa podría ser una buena idea.

—¡Oh, sí! —Paso junto a él y me da una palmada en el culo, con fuerza—. ¡Ay! ¡Esa fue la fuerza del cambiante! —digo sobre mi hombro mientras me dirijo a la parte trasera de la caravana para cambiarme.

—No, no lo fue. —Hay risas en su voz—. Cariño, nunca usaría la fuerza del cambiante en ti.

—¡Lo acabas de hacer! —grito mientras me pongo un par de pantalones cortos y un top *halter*—. Antes. Cuando me alzaste.

—Quiero decir que nunca te haría daño. —Camina por el pasillo central, con las cejas juntas como si no estuviera seguro de si lo sé.

Coloco mis manos, bueno, una mano sana y otra mano medio enyesada, sobre su pecho.

—Lo sé, hombre lobo. Solo bromeo. Deberías intentarlo un tiempo. Aligerar... Quiero decir, relajar.

Todavía frunce el ceño, pero deja caer un beso en el puente de mi nariz.

—Tengo tu sol. Tengo toda la luz que necesito. —Me levanta por la cintura de nuevo y me pone en su otro lado.

—Ahora solo estás presumiendo.

Me encanta el estruendo bajo de su risa.

—Estás sobre mí.

* * *

*Titus*

Viajamos al pueblo en la Harley principalmente porque necesito mantener el cuerpo de Sunny cerca del mío. Me envuelve los brazos alrededor de la cintura y presiona los senos en mi espalda, tarareando suavemente. Al menos creo que tararea. Es difícil escucharla con el rugido del motor, pero eso es lo que se siente. Una reverberación que va directamente a mi polla.

He estado conduciendo una motocicleta desde que tengo ocho años, pero es totalmente diferente llevando a Sunny. Es una humana. Tremendamente frágil. Un accidente y podría serme arrebatada. Tuve temor de que sucediera con el accidente a principios de esta semana.

No es que yo haya tenido un accidente, nunca en mi vida. Mis reflejos son agudos; mis nervios de acero. Pero conduzco de manera diferente sabiendo que tengo una carga preciosa en la motocicleta. Miro dos veces en los espejos retrovisores, mantengo la velocidad baja.

No puedo ver a Sunny, pero siento su goce, lo cual le provoca algo a mi lobo. Está contento porque ella lo está. Es una locura, pero cierta. Y no se puede negar la euforia que siente ahora que la ha marcado. Como burbujas de alegría que no paran de elevarse.

Pasamos por la tienda donde trabaja el tipo de la cita, pero aún no está abierta, así que nos dirigimos a mi casa, para darme una ducha y cambiarme de ropa. Cuando salgo de la ducha, encuentro frascos de flores frescas en la mesa de la cocina, la mesita baja, la mesita auxiliar y la cómoda.

Sonrío sacudiendo la cabeza con incredulidad. Sunny. Le da color al mundo donde quiera que vaya. Mujer loca y maravillosa.

La atrapo por la cintura y la acerco para darle un beso.

—¿Lista?

Me sonríe luciendo más joven que nunca. Supongo que el buen sexo le produce eso a una mujer.

—Lista, grandullón. Vamos.

Le pongo mi enorme casco otra vez y regresamos a la tienda en moto, aunque no está lejos. Cuando entramos, casi me atraganto al ver al idiota con quien ella salió para una cita. Alto, delgado. Escurridizo. Pero no importa. No es competencia. Sunny lo dejó claro.

—¡Larry, hola! —Ella le saluda cuando nos acercamos. Está detrás de una barra paleando hielo en cubos.

—Oh, hola, Sunny. —Me da una mirada cautelosa.

Bien. Definitivamente debería saber que ella ha sido reclamada.

—Oye, tenemos una pregunta para ti.

Es sorprendente lo agradecido que estoy de que hable en plural.

—¿Recuerdas ese edificio del gobierno con el que te topaste en el bosque Carson?

El tipo se ilumina como si esta fuera una historia que le encanta contar.

—¿El sitio de investigación alienígena? Definitivamente. ¿Qué pasa con eso? —Mira de Sunny a mí con renovado interés.

—Nos gustaría ir allí en la moto y echar un vistazo.

Niega con la cabeza con autoridad.

—No hay manera de poder ingresar. Te digo, hay torres de vigilancia y tipos con ametralladoras en lo alto. Es una locura tanta seguridad. —Parece que quiere escupir toda su historia, así que le interrumpo.

—¿Cómo se llega, hombre?

—No creo que quieras ir. Es la clase de lugar del que la gente no vuelve.

—Puede que tengas razón—le digo—. Pero sí, definitivamente queremos ir. ¿Puedes darnos indicaciones?

Se inclina hacia adelante sobre sus antebrazos y se lanza a una ávida descripción de cómo llegar allí. No puedo soportar cuando la gente da demasiada información en direcciones, enturbia la imagen y hace que sea más difícil recordar los puntos más destacados. Este tipo hace eso. Describe cada curva con lujo de detalles.

Agarro el bolígrafo y el talonario de pedidos de su bolsillo delantero y los dejo caer en el mostrador entre nosotros.

—Dibuja un mapa —ordeno usando el comando alfa.

He aquí que funciona. Se calla y dibuja el mapa, tal como le pido.

—Tengan cuidado. Oigan, regresen aquí así sé que están a salvo. Si los capturaran, podrán decirles a ellos que alguien sabe dónde están y que se hará público si no regresan. —Parece inmensamente satisfecho consigo mismo y con esta solución, así que asiento.

—Sí, claro. Gracias. —Agito el papel con el mapa.

—¡Adiós, Larry! —grita Sunny alegremente, y ni siquiera estoy un poco celoso. No hay forma de que este tipo pueda ser atractivo para ella.

Aún así, deslizo un brazo alrededor de su cintura mientras salimos, mostrando mi reclamo.

Afuera, junto a la moto, tomo a Sunny por la barbilla.

—No creo que debas ir.

—A la mierda con eso. Yo también estoy en esto. Mi hija y su padre fueron víctimas de estos tipos. Necesito justicia. —Se cruza los brazos sobre el pecho y saca la barbilla—. Además, solo somos un par de tortolitos que dan un paseo, ¿verdad? —dice brillantemente—. Soy tu mejor coartada.

Tiene razón. Pero odio la idea de acercarla al peligro. Solamente exploraremos el lugar. Si es como describe el tipo, nos iremos y llamaré a Wolf Ridge para pedir refuerzos.

Pongo el casco sobre la cabeza de Sunny y balanceo una pierna para subirme a la moto.

—Súbete, nena. Veamos qué podemos encontrar.

*Sunny*

El mapa de Larry es una mierda y nos lleva casi una hora y media encontrar el camino desconocido que describió, pero finalmente damos con él. Entonces Titus esconde la Harley detrás de un montículo y seguimos a pie. Me coge la mano y balancea nuestros brazos juntos como si estuviéramos en un picnic o cita de algún tipo.

La caminata es de aproximadamente un kilómetro y luego el camino parece terminar.

No hay nada aquí.

Titus da vueltas en círculo.

—¿Camino equivocado?

Los vellos de la nuca se me erizan.

—No —murmuro—. Siento el mal aquí.

Él arquea las cejas.

Estoy acostumbrada a que la gente me tome por loca cuando digo cosas así y simplemente me encojo de hombros, pero él escudriña la arboleda más de cerca.

—¿Desde qué dirección?

El placer de que me crea provoca que algo se agite en mi pecho. Cierro los ojos para sentir la energía. Me ataca de frente. Abro los ojos y señalo. Definitivamente es por allí.

Titus avanza en la dirección sin comentarios. Nos adentramos en el bosque sin camino que seguir, nada. No tiene sentido que haya un laboratorio aquí, más allá de una carretera. El tipo de laboratorio que Larry describió requeriría una gran área de aparcamiento con muchos coches. No un camino de tierra sin salida y una caminata por un bosque sin senderos.

Empiezo a dudar de mi intuición.

—Tal vez me equivoque. Esto no tiene sentido.

Titus sacude la cabeza.

—No creo que estés equivocada. —Se vuelve hacia mí y comienza a quitarse la ropa.

—¡Oh! ¡Vale! —Realmente no estaba presintiendo romanticismo en este preciso momento, pero con Titus, siempre estoy dispuesta. Su pasión hace arder mi cuerpo. Empiezo a quitarme mi propia camisa y él se paraliza.

—¿Qué haces? —Ahora está completamente desnudo, su cuerpo musculoso es como una obra de arte.

—Um... —Ladeo la cabeza—. ¿Qué haces tú?

Echa la cabeza hacia atrás y suelta una retumbante carcajada que provoca que todos los pájaros de la arboleda se dispersen.

—Oh, nena. Me encantaría estamparte contra este

árbol ahora mismo, pero iba a transformarme en mi animal y husmear. Puedo oler mejor cuando estoy en forma de lobo.

Oh.

Mi cara se ruboriza y suelto:

—Correcto. Totalmente. Entendido.

Titus camina hacia mí, su polla en pleno saludo.

—¿Por qué tuviste que mostrarme esto? —Él toma uno de mis senos y frota su pulgar sobre el pezón.

Me retuerzo, ya mojada por él.

—Titus, no lo hagas. *¡Vamos!* —Apunto hacia la dirección del mal.

Se ríe de nuevo.

—¿Excitada? —Roza sus labios con los míos.

Yo gimo.

—Definitivamente.

—Quédate aquí. No te muevas. —En un movimiento borroso, cambia a forma de lobo, sus cuatro patas enormes caen en la tierra.

Observo con asombro cómo trota con la nariz en el suelo, siguiendo los olores. Hermosa criatura. Me siento honrada por un momento de que me muestre a su lobo. Que me confía su secreto. Que puedo ser parte de esta sociedad extraña y privada que él y mi hija habitan. Es un privilegio, sin duda.

Desaparece de la vista y espero, escuchando la agitación del bosque a mi alrededor. Unos minutos más tarde, oigo un silbido.

—¡Sunny! Ven a ver esto. —Oigo a Titus.

Dejo la ropa y las botas de Titus y troto en la dirección de su voz.

—¿Titus?

—Por aquí.

Tengo que rodear una roca gigante para encontrarle, desnudo en toda su gloria, al borde de un desnivel.

Me quedo sin aliento. Abajo, oculto a la vista aérea por el afloramiento natural de las rocas, se encuentra el búnker de hormigón. En el otro lado está la torre de vigilancia y otro camino de tierra que conduce a lo que parece ser un aparcamiento subterráneo.

—¡Es aquí! —Los ojos de Titus brillan con el azul intenso del lobo. Su aura es de un audaz rojo anaranjado. Está listo para la batalla—. No veo ni escucho a nadie alrededor, pero me estoy acercando. Quédate aquí y mantente atenta, ¿de acuerdo?

—Ten cuidado, Titus.

—Lo tendré. —Se mueve y aterriza en cuatro patas, ya con calma.

Desde mi posición privilegiada, puedo verle todo el tiempo. Bordea de un lado a otro la empinada pendiente, saltando de roca en roca hasta que llega al fondo. Allí, permanece solapado en las sombras, olfateando alrededor del perímetro.

Ojalá tuviera un par de prismáticos. No puedo estar segura, pero no creo ver a nadie en la torre de vigilancia.

Me sorprende ver a Titus correr hacia lo que parece ser la entrada principal. Cuando entra, voy detrás de él. De ninguna manera le dejaré solo en ese lugar.

Me deslizo por la ladera de la montaña, luego bajo lentamente por la pared de roca. No es tan fácil como Titus lo hizo parecer. En poco tiempo, literalmente escalo rocas sin un arnés y es aterrador como el infierno.

Las rocas se desprenden debajo de mí, se dispersan en el suelo muy por debajo, advirtiéndome que hay demasiada altura para soportar una caída. Muevo un pie. Una mano. Trato de averiguar la mejor manera de hacerlo.

Joder, es totalmente imposible con mi brazo enyesado. Miro hacia atrás por el camino que vine.

Mierda. No creo que pueda volver a subir por ahí. Y ya no puedo bajar. Me quejo.

—¡Sunny!

Siento alivio al oír el sonido de la voz de Titus abajo. Sin embargo, no me atrevo a volverme para mirar. Estoy congelada, aferrada a mi querida vida, mis extremidades temblando, mis dedos resbalando por el sudor.

—Sunny, mírame.

Lentamente, muy lentamente, giro la cabeza para mirar por encima del hombro y hacia abajo. Titus está justo debajo de mí, a unos cinco metros, extendiendo los brazos. Todavía desnudo. No estoy segura de que me vaya a acostumbrar a eso.

—Suéltate, nena. Te atraparé.

Ni siquiera lo dudo. Confío completamente en este hombre y definitivamente estoy dispuesta a aceptar su ayuda. Me suelto y me dejo caer, chirriando mientras el viento recorre mi piel. Choco contra Titus con un ruido sordo, pero él sopesa sus brazos y sus rodillas, balanceándome para romper la caída. Le envuelvo los brazos alrededor del cuello y le beso la mejilla.

—¡Me has salvado! —Respiro.

—Eso no lo sé —dice con una sonrisa—. ¿Pero qué demonios estabas haciendo, señorita? Te voy a poner el culo roja por darme un susto de muerte.

Le chupo el lóbulo de la oreja entre los labios y lo suelto.

—¿Lo prometes?

Me pone de pie suavemente y me palmea el culo sin aplicar ninguna fuerza.

—Lindo, nena. Muy lindo.

Me doy la vuelta y miro el edificio; abro los ojos de par en par. No hay puertas. De hecho, parece que una bomba explotó donde solían estar las puertas.

—¿Qué pasó? ¿Está vacío el edificio?

Él asiente.

—Sí, pero definitivamente era un laboratorio de cambiantes. Huelo un extraño olor a metamorfos por todas partes.

—¿Qué es un extraño olor a metamorfos?

Me toma de la mano y me conduce hacia el edificio.

—Animales no identificados. Estaban experimentando para convertir a humanos en cambiantes. Alguna mierda de modificaciones genéticas. Los experimentos no siempre funcionan. Hay unos tipos que salieron de un laboratorio de California que son... raros. Uno es un cambiante de búho, creo. Los otros dos, ni siquiera estoy seguro. ¿Algún tipo de canes? —Sacude la cabeza—. Es jodidamente trágico.

—Oh, Dios mío.

—Sí. Es una maravilla que aún sepan cómo actuar después de lo que han vivido.

Nos detenemos en la entrada.

—¿Qué crees que pasó aquí?

—Parece que este laboratorio ya ha sido desmantelado, pero no fue por nosotros. Sin embargo, obviamente, fue por la fuerza.

—Sí.

Entramos en la oscuridad, lo que no parece molestar a Titus en lo más mínimo.

—¿Estás seguro de que no hay nadie aquí?

Me aprieta la mano.

—Seguro. Pensé que querrías echar un vistazo, pero podemos irnos si tienes miedo. Volveré más tarde para requisarlo de verdad y ver si hay más pistas. Por lo que puedo decir, todo ha sido vaciado y destruido. No hay equipos, datos, archivos, nada. Es solo un búnker vacío y quemado, con jaulas y celdas de prisión.

Me estremezco, la sensación de desesperación, terror y maldad me tira desde todos los rincones. Hay entidades merodeando por aquí, probablemente fantasmas de los fallecidos sujetos de prueba, pero estoy demasiado asustada para reconocerlos como para preguntar.

—Sí, volvamos. En realidad no puedo ver nada de todos modos.

Titus se detiene.

—Oh, joder. Lo siento, cariño. Se me olvidó.

Volvemos sobre nuestros pasos y me siento aliviada cuando encontramos la luz.

Hasta que veo a tres hombres vestidos de negro que nos apuntan con armas directamente a nosotros.

# Capítulo Ocho

Titus

Un gruñido sale de mi garganta y me transformo antes de tener siquiera la oportunidad de pensar. La necesidad de proteger a Sunny es imperiosa. Mi cuerpo lobuno la empuja detrás de mí.

Mi cerebro sigue sin funcionar cuando estoy completamente en modo lucha, listo para arrancar gargantas.

Uno de ellos se ríe como si fuera a disfrutar matándome. Otro da un paso adelante.

—*Transfórmate, lobo.* —Las palabras reverberan en mi cuerpo. Hay un comando alfa en ellas. Me llama la atención, aunque no estoy dispuesto a obedecer.

Pero ayudan a que mi cerebro vuelva a funcionar.

Son metamorfos.

Estos tipos son cambiantes.

No significa necesariamente que sean amigables, pero sus aromas son familiares. Estos son los lobos que merodeaban cerca de la caravana de Sunny.

—*Transfórmate, lobo* —repite.

Cambio a mi forma humana, más tranquilo ahora. Soy

un poco más capaz de pensar. Aún así, inclino mi cuerpo frente al de Sunny para protegerla de ellos.

—¿Qué haces aquí? —exige el alfa.

Entrecierro los ojos sin saber cuánto decir. Sunny sale detrás de mí con las manos en las caderas.

—¡Sabemos lo que están haciendo! —afirma—. Lo sabemos, y no somos los únicos. Experimentan con cambiantes. Secuestran. Rastrean a sus hijos. No vamos a dejar que se salgan con la suya.

El alfa levanta una ceja.

—Sunny —digo en voz baja—. Estos tipos son los lobos que vimos afuera de tu caravana anoche.

—Oh. —Sus ojos se abren y retrocede a mi lado. Dejo caer un brazo alrededor de sus hombros y la tiro contra mí —. Bueno, ¿qué hacen aquí, entonces?

Los labios del alfa se contraen. Tiene el pelo negro y la tersa piel oscura de un nativo americano. Uno de los otros hombres se ve similar, como si fueran parientes. Es joven para ser un alfa, treinta y pocos años, como mucho.

—Te pregunté primero.

—Apunten esas armas lejos de mi hembra —exijo, a pesar de que me superan en número y tienen armamento. Pero son lobos. Deben saber que un lobo apareado no se detendrá ante nada para proteger a su hembra y el olor de la marca de apareamiento está por todas partes en Sunny. Incluso si tiene que enfrentarme a tres lobos mucho más jóvenes y bien armados.

El alfa asiente con la cabeza y las armas bajan.

—Habla.

—Me enviaron a buscar información sobre este laboratorio. Nuestra manada tenía noticias de que todavía había un laboratorio operativo en Nuevo México. Aparentemente, ya ha sido cerrado.

—¿Tu manada envió a un viejo lobo y a una hembra humana para derribar un laboratorio? —Uno de los tipos pregunta burlonamente.

Levanto el labio y gruño en su dirección.

—¿Qué sabes de laboratorios como estos? —pregunta el alfa.

Estudio un poco más a los lobos y me siento incómodo. Pueden ser cambiantes, pero se comportan como militares. Como Nash, el cambiante del laboratorio de las afueras de San Diego. Tienen la postura de los soldados: hombros hacia atrás, pecho hacia arriba. Enormes músculos abultados sobresaliendo de sus camisetas negras. Las armas no parecen armas civiles, no es que realmente sepa mucho sobre armas. Y definitivamente saben cómo manejarlas. No son como los matones que se compran grandes armas en el mercado negro. Son profesionales que manejan armamento con respeto y cuidado.

¿Podrían estos hombres estar trabajando para el gobierno? ¿Podrían realmente ser parte de ese programa? ¿Tal vez son un resultado de ello?

Entrecierro los ojos.

—¿Qué sabes tú? —respondo.

Me mira durante mucho tiempo.

—Sé quién desmanteló este laboratorio. —Su mirada se encuentra con la mía de frente.

Me relajo.

—¿Lo sabes?

Él asiente con la cabeza.

—Sé quién derribó laboratorios como este en California y Utah —le digo.

De nuevo, el asentimiento silencioso.

—¿Tu manada?

—Manada lejana, sí.

—¿Así que sabes lo que hicieron aquí? ¿Sabes de la corporación Data-X? —Levanta la barbilla en dirección al edificio.

—Desafortunadamente, sí. ¿Hay... sobrevivientes?

Me considera otro largo momento, como si todavía sopesara si puede confiar en mí.

—Sí. Y requieren ser trasladados. No podemos mantenerlos aquí de manera segura a largo plazo. Taos es muy pequeño.

Me froto una mano sobre la barba.

—Hablaré con mi alfa, pero estoy seguro de que pueden acomodarse en Arizona, ya sea Tucson o Phoenix o ambos. Hay mucho espacio y empleo si buscan asilo.

El alfa da un paso adelante y extiende la mano.

—Soy Rafe Lightfoot.

—Titus Brown. Ella es Sunny Hines. El padre de su hija fue asesinado en uno de los laboratorios.

—Lamento tu pérdida —le ofrece Rafe mientras le estrecha la mano a Sunny. A mí, me dice—: Consulta con tu alfa. No voy a exponer a estos cambiantes a nadie nuevo, a menos que tenga garantías de que recibirán asistencia completa.

Asiento con la cabeza y saco mi teléfono.

El cambiante que se burló de mí antes resopla y rápidamente me doy cuenta de por qué. No hay cobertura de telefonía. Cero.

—Dame tu número de teléfono —le digo a Rafe.

No se mueve. Su capacidad para permanecer perfectamente quieto es desconcertante. El que estoy bastante seguro debe de ser su hermano tiene la misma maestría.

—Nos encontraremos. Bar Ramírez, a las cuatro.

Si tenía alguna duda de sus antecedentes militares, se ha despejado.

—¿Quiénes son ustedes? —Exijo.

—No somos nadie —responde—. Y te pediré que olvides que alguna vez nos conociste cuando esto termine.

Me encojo de hombros. Puedo vivir con eso. Si son algún tipo de organización de operaciones secretas que derriba las atrocidades financiadas por el gobierno, no voy a protestar.

—A las cuatro. Bar Ramírez —confirmo.

—Así es. Podemos llevarte de vuelta a tu moto, ya que tu hembra tuvo algunas dificultades para escalar las rocas.

Lo dice gentilmente, así que no me ofendo, pero luego el cambiante que ha sido burlón desde el principio dice:

—Es posible que necesites que te revisen el olfato. Sabes que marcaste a una humana, ¿verdad?

Sin pensar, solo gruño y me lanzo hacia él, pero los otros dos me atrapan y me hacen retroceder. Son lo bastante fuertes como para sostenerme, pero lucho hasta que Sunny se pone delante de mí y posa su palma en mi pecho. Mi lobo se calma instantáneamente.

—No te preocupes por Deke —murmura Rafe—. Siempre está buscando pelea.

La risa de Deke es un poco maníaca. Vale, el tipo tiene un tornillo o dos sueltos. No es mi problema.

Me relajo y me liberan.

—Menciona a mi hembra otra vez y estás muerto —le advierto.

Sonríe de oreja a oreja y le guiña un ojo.

Bastardo loco.

Sunny todavía tiene su mano en mi pecho, empujándome hacia atrás, así que me centro en ella. Donde quiero que esté.

El otro hombre extiende su mano.

—Lance, soy el hermano de Rafe. —Otro cambiante de pocas palabras.

Le estrecho la mano y asiento. Sunny tiende la suya con esa radiante sonrisa. Ni ella ni yo le ofrecemos un apretón de manos a Deke.

Caminamos hacia un vehículo que probablemente costó tanto como una casa pequeña. Es la versión Mercedes de un Hummer. Quiero odiarlo, pero tengo que admitir que es bastante bonito.

—Toma, hombre, no quiero tu culo desnudo en mi asiento. —Deke me arroja una toalla y me la envuelvo alrededor de la cintura.

Nos llevan arriba y fuera del desfiladero, dan la vuelta a la carretera sin salida donde dejamos la Harley; mi ropa está a una corta caminata de distancia.

—Nos vemos esta tarde —le digo mientras salgo y tomo la mano de Sunny para ayudarla a bajar.

—Sí.

# Capítulo Nueve

S*unny*

Apoyo mi cabeza con casco en la espalda de Titus y repaso lo que acaba de suceder.

Escuchar los golpes que ese imbécil le dio a Titus por mi culpa me ha enfadado. No por mí, sino por Titus. No es de extrañar que se haya sentido tan *poco disponible* para mí. Mis instintos no estaban equivocados. Somos literalmente especies distintas.

Y su propia especie se burló de él por estar conmigo.

Tal vez, por mucho que nos sintamos atraídos el uno por el otro; por mucho que nos preocupemos el uno por el otro, tener una relación es imposible.

Sin embargo, no quiero pensar en eso ahora, así que lo saco de mi mente. Titus todavía está aquí en un trabajo y tengo la intención de ayudarle. Después podremos hablar.

Cuando volvemos a la casa de Titus, llama a su alfa para informarle. No intento escuchar a escondidas, pero me doy cuenta de que solo habla en primera persona.

*No hay nosotros.*

No ha mencionado mi participación en absoluto.

¿Se metería en problemas?

O es más como... ¿vergüenza? Como si estuviéramos en el instituto y no le conviniera pasar el rato con la rara. La chica a la que me esforcé por no mostrar en el innstituto para poder atrapar el corazón y la mano de Jack.

¿Con Titus somos como una pareja birracial de hace cien años, donde le gusto en privado pero no quiere ser visto conmigo en público?

No estoy de acuerdo con eso. Me tomó un tiempo, he aceptado quién soy. No quiero relacionarme con nadie que no compre todo el paquete. Genes humanos y todo.

Pero cuando Titus cuelga el teléfono y me rodea con su brazo robusto para besarme el cuello, me derrito.

Vale, solo un poco más. Todavía no estoy lista para dejarle atrás. El sexo es sublime. Sentirme cuidada y protegida, delicioso.

Seguiré con mi plan de resistir esto.

—Mi alfa se ofreció a acogerlos a todos —dice Titus con los labios todavía en mi cuello—. Voy a contratar un autobús para llevarlos a todos a Arizona si quieren ir. ¿Quieres venir? ¿Quieres parar en Tucson para visitar a los chicos?

No es porque no esté lista para que esto termine que digo que *sí*.

Para nada.

Y siempre me entusiasma ver a Foxfire.

La llamo para contarle la noticia, aunque no revelarle que sé lo de ella me va a matar.

—¡Hola, Sunny! —saluda.

—¡Foxfire, cariño! ¿Cómo estás?

—Estoy bien. ¿Cómo te sientes?

—Mucho mejor, cariño. Mis moratones se están yendo; el brazo ya duele menos. Titus me está cuidando bien.

—¿Entonces todavía está contigo?

—Sí, todavía está aquí. Y voy a ir a Arizona con él cuando vaya en los próximos días. Quiero veros.

—Genial, Sunny. También tengo buenas noticias para ti.

Jadeo, mi corazón da un salto mortal.

—Oh, cielos, ¿estás embarazada?

—No, no, no, no, no. Sunny, no. Te dije que ni siquiera lo estamos buscando. Pero se trata de un bebé.

—¿Qué bebé?

—¿Recuerdas a Jordy, la hermana de mi padre, de Utah?

—Sí, por supuesto. Nunca la conocí en persona, pero recuerdo a Johnny hablando de ella. —Jadeo de nuevo, poniéndome al día—. ¿Está embarazada? —No puedo evitarlo, me emocionan los bebés, incluso cuando es alguien que solo vi una vez y vive en Utah.

Foxfire se ríe.

—¡Sí! Resulta que terminó en Tucson. Se apareó... quiero decir, se casó con este tipo enorme llamado Grizz y esperan su primer bebé.

—¡Oh, cariño es maravilloso! Quiero verlos cuando esté allí. ¿Tal vez podamos organizar una reunión para agasajarla? Quiero decir, somos su familia, después de todo.

—Apuesto a que le encantaría, Sunny. Veré si puedo armar algo en tan poco tiempo. ¿Cuándo llegas aquí?

—No estoy segura, pero te informaré. En los próximos días, imagino. Titus está haciendo arreglos.

Literalmente me mata no contarle todo lo que sucede. Soy pésima para guardar secretos. Pero los secretos de Titus son importantes para mí, así que tengo que honrarlos.

—Genial. No puedo esperar a verte.

—Yo tampoco, cariño. ¡Adiós!

Cuelgo y le sonrío a Titus, que me mira con curiosidad.

—¡La tía de mi hija está en Tucson ahora con un tipo llamado Grizz y están esperando un bebé!

La sonrisa de Titus es totalmente indulgente y me suelta un beso en la parte superior de la cabeza.

—Eso es maravillosol, sol. Sé que amas a los bebés.

Me acurruco contra él y apoyo mi cabeza en su pecho intentando ignorar lo bien que se siente.

* * *

*Titus*

Sunny y yo nos encontramos con los lobos de Taos en el momento y lugar señalados.

—¡Hola! —Sunny despliega su radiante sonrisa y los saluda desde la puerta.

Hay cuatro de ellos sentados en una mesa de la esquina trasera compartiendo un par de cervezas. Son los mismos tres de hoy y uno más que también parece entrenado militarmente.

Miran hacia arriba. Rafe apenas nos saluda con un ligero levantamiento de barbilla.

—¡Hola! —Sunny intenta otra vez cuando nos sentamos, se inclina sobre la mesa y extiende la mano hacia el tipo que no conocemos.

Es más joven que los demás, probablemente de veintitantos años, con buena apariencia de Capitán América.

—Soy Channing. —Su sonrisa con hoyuelos es tan radiante como la de Sunny.

Un gruñido bajo comienza en mi garganta cuando le toma la mano e inmediatamente la estrecha.

—Sin ofender, canoso.

Al principio creo que se refiere a mi barba. Luego me doy cuenta de que es el cuarto lobo que vi durante la luna llena.

Normalmente, después de que un lobo marca a su pareja, la posesividad extrema y los celos disminuyen. No sé por qué el mío parece estar aún peor. Probablemente porque a pesar de la afirmación de mi lobo, no he descubierto cómo quedarme con Sunny para siempre.

Rafe nos empuja una jarra de cerveza y dos vasos vacíos sin mediar palabra.

Un tipo callado.

Una vez más me sorprende la quietud que encarna. Sigo su ejemplo y no hablo, sirviéndome un vaso de cerveza para mí y otro para Sunny, luego bebo un largo sorbo.

—¿Y bien? —dice Rafe.

—Los llevaremos a todos. No hay problema. Yo me encargaré del transporte.

Rafe ladea la cabeza.

—No sabes cuántos hay.

—No importa. El alfa Green lo resolverá. Su hijo es dueño de clubes nocturnos y bienes raíces en todo Tucson. La manada posee una fábrica de cerveza al norte de Phoenix. Podemos encontrar trabajo para ellos. Integrarlos. Ayudarlos con el estrés postraumático.

Lance asiente solemnemente.

—Bien. Comprendes lo que han vivido.

—Conozco a algunos salidos del laboratorio de California. Funcionan... pero apenas. Verdaderos paranoicos, nerviosos. Definitivamente apagados. —Pienso en Declan, Laurie y Parker y sacudo la cabeza. Sin duda, son personajes únicos.

—Bien —repite Lance.

—Tenemos veinticuatro refugiados —me dice Rafe. Los

recibimos hace seis semanas cuando localizamos el laboratorio y los retiramos. Actualmente están acampando cerca.

—Veinticuatro. Bien. Puedo alquilar un autobús para llevarlos a Phoenix.

Rafe asiente.

Cuando me doy cuenta de que hemos vuelto al silencio, decido tratar de obtener respuestas a algunas de mis preguntas.

—Entonces, ¿ustedes trabajan para el gobierno?

—Somos contratistas. Ex militares activos. Sin embargo, la orden de cerrar ese laboratorio provino del gobierno.

Sunny y yo nos miramos asimilando esa noticia.

—Sí, si hubiéramos sabido que tal cosa existía cuando estábamos en las fuerzas, probablemente todos hubiéramos desertado en ese mismo momento —ofrece Channing. Claramente es el único hablador del grupo—. Porque lo que encontramos en ese laboratorio fue espantoso.

Los cuatro asienten, una cualidad de embrujo se cuela en sus miradas agudas.

—Todo espantoso —Deke está de acuerdo, y bebe toda su cerveza en unos pocos tragos.

—Entonces, ¿por qué el gobierno los envió a cerrarlo por la fuerza, si para empezar era su laboratorio? —pregunta Sunny.

Rafe sacude la cabeza.

—No nos informaron mucho, pero por lo que entiendo, fue un proyecto de empresa conjunta entre el gobierno y la industria privada.

—Data-X —Estoy de acuerdo.

—Correcto. Los principales actores de Data-X fueron eliminados. Supongo que por la red de ustedes.

Asiento.

—El gobierno optó por cerrar el proyecto y eliminar cualquier evidencia de lo que quedaba.

Un escalofrío me recorre la columna vertebral. ¿Son asesinos del gobierno?

Sin querer saber nada más, bebo mi cerveza y me levanto.

—Organizaré lo del autobús. ¿Cuándo podemos encontrarnos con los refugiados?

—Avísennos cuando reserven el autobús y les daremos la ubicación —dice Rafe.

Apenas evito poner los ojos en blanco ante su altanería.

—¿Esta vez me darás un número de teléfono al menos?

—Sí. —Rafe enciende su teléfono.

Saco el mío y emite un pitido con su mensaje.

—Ese soy yo —dice.

Ni siquiera me molesto en preguntarle cómo obtuvo mi número. Estos tipos probablemente ya sepan todo lo que hay que saber de mí, Sunny y mi manada.

Sunny no se deja disuadir por su reticencia.

—Entonces, ¿cuál es la novedad? ¿ustedes actuaron como fuerzas especiales?

Los cuatro cavilan la respuesta, lo que me dice que Sunny dio en el blanco. Su intuición siempre es acertada.

—Operación Metamorfos —sonríe Channing y toma un sorbo de cerveza.

Los ojos de Sunny se iluminan y se inclina hacia adelante.

—¿Todos ustedes son como la CIA de los cambiantes? ¿Navy SEALS? ¿Fuerzas especiales?

—Algo así —murmura Rafe.

—¿Y ahora que están retirados, forman una manada? —pregunta alegremente.

—Algo así —responde Deke.

—Somos una empresa: Black Wolf Security —ofrece Channing.

Los otros tres le miran.

—¿Qué? No es un secreto.

—Necesito saberlo —dice Deke.

—Nuestra empresa es legítima. Rafe compró una *sede*.

—Aún así —dice Rafe—. Perfil bajo.

Perfil bajo, palabras mínimas. Ya voy captando la esencia de estos tipos. Y aunque creo que son los buenos, también estoy seguro de que conviven con el peligro. Y a mi lobo no le gusta el peligro cerca de Sunny.

Me pongo de pie y ayudo a Sunny a levantarse de su silla.

—Estaré en contacto, entonces.

Rafe asiente. Channing levanta su vaso. Deke y Lance permanecen inmutables.

Sacudo la cabeza cuando nos vamos. No estoy seguro de haber conocido a un grupo de cambiantes tan extraños desde que esos tres locos se mudaron de California.

Y tenían una buena razón.

Por supuesto, estos probablemente también la tengan, pero dudo que quiera saber cuál es.

# Capítulo Diez

S*unny*

Pongo una botella de vino y un abridor en mi cesta de picnic junto con nuestro almuerzo y subo al autobús para encontrarme con Titus en su casa. Es nuestra última tarde en Taos antes de dirigirnos a Phoenix con los refugiados y tengo la intención de aprovecharla al máximo.

He ignorado los repentinos asaltos de ansiedad que me han estado amedrentando a medida que nuestro final se acerca cada vez más.

No quiero pensar en ello. No quiero renunciar a él. Estar con Titus se siente de maravillas. Demasiado perfecto. Y cada vez que estoy con él, su campo áurico se torna rosa. Me ama. No me lo ha dicho, pero está claro. Y yo siento lo mismo.

Le encuentro sentado fuera de su casa, esperándome. Se pone de pie tan pronto como me ve.

—Oye, grandullón —llamo mientras levanto la canasta de picnic.

—¿Qué es esto? —Me la quita. No le conté el plan, solo que quería mostrarle algo esta tarde.

Le miro su hermoso rostro.

—Vamos a hacer un picnic en la cascada —le digo.

—¿Hay una cascada?

—Sí. Y vamos allá. En tu moto —le digo—. Será más fácil y mucho más divertido. —El camino hasta la cascada se pone un poco difícil.

Titus me da una sonrisa de lado. Es como si sonreír fuera un acto desconocido para él y su boca todavía está recordando cómo funciona.

—Me parece bien. —Amarra la cesta de picnic en la parte trasera de la moto y nos subimos. Le doy instrucciones y tarareo suavemente mientras su moto viaja entre los árboles de un camino de tierra escarpado.

Finalmente llegamos a una entrada, donde aparca y toma la cesta de picnic.

—No falta mucho —prometo—. La caminata es corta.

—No puedes asustarme con una caminata —dice Titus con una sonrisa—. No hay necesidad de venderla. —Me toma la mano.

Le observo admirando el halo rosa y oro que le rodea, la felicidad en las líneas de su rostro. Parece cambiado desde que vino aquí la semana pasada, y sé que es por mí. Por nosotros.

Entonces, ¿no es suficiente para mí? ¿Puedo permitirme tener esta felicidad, una relación real y duradera por una vez? La alegría que burbujea en mi pecho dice que sí.

—Entonces, ¿qué hay en esta cesta? —Titus la levanta sobre sus hombros y toma mi mano.

—Me alegro de que hayas preguntado. Sé que los lobos sois carnívoros, pero también eres humano, y toda esa carne no puede ser buena para tu salud. ¡Así que todo lo que empaqué es vegano! —Le ofrezco una radiante sonrisa.

—Mujer —gruñe.

—Estoy bromeando. Traje carne. Mucha, mucha carne. Pero hice bollos veganos y tienes que comer uno.

Él gruñe.

—Titus. —Corro para pararme en una roca y enfrentarle. Cuando estamos cara a cara, le digo sobriamente—: Te encantará el sabor de mi panecillo.

Sacude la cabeza.

—¿Qué? —le pregunto, aunque sé que me va a poner los ojos en blanco por mi locura.

—Eres tan linda —dice, y cuando parpadeo, me tira para darme un beso—. Me comeré tu panecillo —promete y me estremezco.

Seguimos el arroyo hasta que llegamos a la pared rocosa por donde se vierte el agua. A veces no es más que un goteo, pero tuvimos una gran temporada de nieve este año, por lo que el nivel de la corriente sigue siendo muy alto.

—Hermosa —murmura Titus.

—¿Verdad? —Le llevo a la cima de una roca donde abrimos la cesta de picnic; él saca el corcho de la botella de vino y vierte la bebida en los dos pequeños frascos que traje.

—Salud —dice gentilmente, levantando su bebida hacia mí.

—Salud por… —Me detengo y trago. Quiero decirnos *por nosotros*. O por *las segundas oportunidades*. Pero ¿y si realmente se trata de un brindis de despedida?

—Por las posibilidades futuras —dice Titus y se encuentra con mi mirada directamente, la sostiene como si intentara decirme algo. Como si quisiera explorar nuestras posibilidades futuras.

Yo también lo quiero.

—Por las posibilidades futuras. —Tintineo los frascos—. Contigo. —La última parte es apenas un susurro pero lo escucha. Probablemente también tenga una audición sobrehumana. Me atrapa por la nuca y me acerca para uno de esos besos posesivos. Esos que me consumen, me prenden fuego, me dan vuelta. Su lengua en mi boca, los dedos acariciando la entrepierna, y gimoteo.

Me tira hacia él y me pone a horcajadas en su regazo en una posición sentada. Una mano aplasta un seno, la otra todavía mantiene mi cabeza cautiva. Mientras tanto, sus labios se mueven sobre los míos con esa pasión que siempre desata.

Ya me he excitado por él. Ya tengo ganas. Me quito la camiseta y gruñe con los ojos brillantes de color azul intenso.

Mira a su alrededor con ferocidad, como si hubiera alguien que pudiese verme y lo fuera a desgarrar miembro por miembro.

—Estamos solos, Titus —murmuro—. Casi nadie conoce este lugar.

—¿Quieres montar a Espartaco, cariño? —Tira de mis caderas sobre el bulto duro en sus pantalones.

Hago un ronroneo.

—Dámelo, grandullón.

Gimiendo, libera su erección mientras me paro y dejo caer mis pantaloncillos. Quedo totalmente desnuda en la naturaleza, una de mis cosas favoritas. Y con el hombre que amo.

Dios, ¿es verdad?

Totalmente. Amo a Titus.

Con ese alegre pensamiento, me siento a horcajadas en mi hombre otra vez, me dejo caer hundiéndome en su erección. Ambos gemimos de placer con ello. Es demasiado grande, siempre es demasiado grande, pero el recorrido es maravilloso.

Me deja dirigir el espectáculo mientras me acomodo y

hago todo lo posible para aferrarme a su hombro con mi brazo sano. Luego sujeta mi culo desnudo y se hace cargo. Me levanta sobre su polla y me baja en un movimiento hermoso y rítmico. Un movimiento circular que me marea de placer.

—Sí, Titus —le animo.

Como si alguna vez necesitara aliento.

Pero surfeamos la ola de placer juntos, con los ojos fijos en los del otro, en algún tipo de meditación tántrica. El tiempo se detiene. La cascada se detiene. No hay nada más que nuestros dos corazones latiendo juntos, nuestros dos cuerpos sintonizándose y rindiéndose en perfecta comunión.

—*Esto* —murmuro con asombro.

—¿Qué, cariño?

—Es el Nirvana —jadeo.

Lo encontramos. El estado más elevado de conciencia. De éxtasis. De placer.

Titus me agarra con más fuerza con los dedos clavados en la carne y me da un azote en la nalga.

El tiempo corre otra vez. O debería decir que la bomba de tiempo comienza a hacer tictac.

La necesidad me consume como llamas.

Tengo que liberarme.

Ahora.

—¡Sunny! —dice Titus. Su voz es más que áspera. Su expresión duele.

—¿Listo? —Me quedo sin aliento.

—Joder, sí. —Me tira hacia abajo con más fuerza mientras acomete hacia arriba, balanceándome y cortándome la respiración con cada mágica embestida.

—¡Por favor! —me quejo, aunque sé qué viene.

—¡Joder, sí! —grita.

Reboto más. Mis párpados se agitan a medida que pierdo la capacidad de concentrarme. Para respirar. Para recordar mi nombre.

Y luego los dos sucumbimos al clímax. Mis gritos se mezclan con su rugido, resonando en las rocas del cañón y volviendo a nosotros en eco, mientras la reverberación de nuestro orgasmo se replica en nuestros cuerpos.

Cuando dejamos de movernos, me derrumbo en él, en sus brazos, mi cabeza sobre su hombro, incapaz de mantenerme erguida.

Cuando mi conciencia regresa, Titus me mece lentamente de un lado a otro, murmurando:

—Hermosa mujer. Maravillosa y mágica mujer.

Siento que me va a estallar el corazón.Y entonces lo sé con total certeza...

Soy amada.

# Capítulo Once

**T**itus

Nos encontramos en el autobús rentado con los refugiados metamorfos a la mañana siguiente, en un aparcamiento de tierra en el cruce de tres carreteras. La manada de lobos negros aparece en dos vehículos Humvees y en el Mercedes G63 de Deke. Cuales sean sus trabajos o fueron en el pasado, tienen mucho dinero.

Los refugiados salen de los vehículos. A pesar de que han sido libres durante seis semanas, todavía mantienen expresiones de cautela y conmoción. Capto sus extraños aromas mezclados: un revoltijo de animales, nada que tenga sentido. Es como el de los inadaptados cambiantes de California. El alfa Green les pidió a esos tres que se acercaran a Wolf Ridge y se encontraran con el autobús, para que estos refugiados tengan metamorfos que hayan pasado por lo mismo que ellos y los ayuden a ganar confianza.

—Vamos a escoltarlos hasta Arizona —me dice Rafe—. Asegúrate de llegar a salvo.

Le doy la mano.

—Gracias.

Una joven se acerca con un conejito en una mano. Está cabizbaja y la oscura y sedosa melena oscura le rodea la cara como un halo mientras le murmura al animal.

—¡Oh, qué dulce! —Sunny dice alegremente—. ¿Está herido?

La joven levanta la vista sorprendida, luego agacha la cabeza nuevamente. Le brilla la cálida piel morena mientras abraza a la criatura. Me viene a la cabeza la imagen de la princesa de Disney. Nadie pestañaría si ella se pusiera a cantar.

—No. Solo me despido.

Sunny sonríe como si esto fuera lo más normal del mundo.

—Espero que no te molesten los animales —murmura Rafe—. Allison se hizo amiga de casi todas las criaturas de la zona. Hasta los animales de presa merodeaban nuestra zona. —Menea la cabeza, pero demuestra gentileza y afecto subyacentes. Como si realmente llegara a conocer y apreciar a estos cambiantes.

La última de mis reservas sobre él desaparece.

—Joder, Allie, ¿vas a traer la colección de animales? —Una metamorfa bajita y pálida con un anillo en la nariz y una cresta mohawk de cabello negro se acerca. Cruza los brazos musculosos tensamente sobre su pecho y la luz del sol destella en el enorme cuchillo para desollar que lleva.

Me interpongo entre ella y Sunny.

—No seas tonta, Fiona —dice Allison y acerca al conejo salvaje al suelo—. Vamos —anima al conejo para que se baje. Allison se dirige a Fiona y la abraza de costado, apoyando su cabeza en el hombro de la menuda mujer gótica, ignorando el cuchillo.

—Gracias, cielos —dice Fiona con cariño, enrollando su brazo libre alrededor de los hombros de Allison—. Les gustas, pero cada vez que se acercaban a mí se orinaban. Te compraré un animal de peluche en la gasolinera.

Rafe se aclara la garganta.

—¿Quién dice que se permitirá bajar del autobús cuando paremos por gasolina?

—Deke, en realidad. —Fiona lanza la barbilla en dirección al lobo—. Le dije que Allison lloraría si no conseguía un llavero de Taos. Se lo prometió.

—Claro que sí.

—Oh, Rafe, por favor —arrulla Allison.

Rafe pone los ojos en blanco.

—Vale. Quítate de mis espaldas.

Fiona le apunta con su cuchillo.

—Nos vas a extrañar. Admítelo.

Me aclaro la garganta mientras Rafe sacude la cabeza.

—Es hora de subir al autobús. ¡Vamos!

—¿Vas a estar bien, cariño? —Dirijo a Sunny a su autobús VW.

—Por supuesto —se pone de puntillas para besarme en la nariz. Tan jodidamente linda. La engancho y reclamo su boca.

Un coro de oooOOOoooohhh se oye. Les hago el gesto con el dedo medio a Allison y Fiona que se ríen.

—Hasta más tarde. —Sunny me da su característica sonrisa y se sube al autobús. La sigo en mi moto, tragándome mi propio presentimiento.

Sunny y yo todavía no hemos hablado sobre el futuro. Sobre lo que sucederá después de llegar a Arizona.

Todo lo que sé es que no quiero despedirme de ella. Mi lobo probablemente no me lo permita.

No obstante, tampoco puedo encontrar la manera de quedarme con ella para siempre. Aun si fuera del tipo de mujer que se establece, que no lo es gracias al imbécil de su exmarido, no puedo incorporarla a mi manada. Está prohibido.

Entonces, ¿dónde nos deja eso? ¿Tengo que convencerla de que las relaciones a largo plazo pueden funcionar? Para eso tendría que alejarme de la manada. ¿Tal vez tenga que mudarme a su caravana Airstream con la esperanza de que mientras andemos de acá para allá y recorramos el circuito de las artes y manualidades ella no se sentirá frustrada?

Es una locura, sin embargo. Ni siquiera quepo en ese Airstream. Cruje cada vez que pongo un pie dentro y tengo que agacharme para caminar. Probablemente me volvería loco.

*Pero estarías con Sunny*, argumenta mi lobo.

Verdadero. Muy cierto.

Resuelvo hablar con ella al respecto cuando lleguemos a Wolf Ridge, después de que mi misión esté completa.

* * *

*Sunny*

El viaje de Taos a Phoenix es caluroso. Las montañas se funden en el desierto y el aire del exterior se vuelve cada vez más sofocante. Pasamos por tierra navajo y sigo sorprendiéndome, mordiéndome el labio.

*Estará todo bien*, me digo y aflojo mi agarre asesino al volante. *Voy a conocer a toda la manada de Titus. No es gran cosa.*

Pero para cuando llegamos al aparcamiento del Wolf Ridge Rec Center, el nudo de mi estómago se ha asentado para quedarse. *Cálmate.*

Salto de mi autobús para ayudar a mis nuevos amigos metamorfos.

Fiona ya está fuera con una bolsa lastimosamente pequeña colgada de su hombro. Estos cambiantes no tienen nada. Ni siquiera ropa, el atuendo improvisado de Fiona no es algo con lo que se pueda andar por la vida. Pareciera que cortó la camiseta de un hombre grande y un par de pantalones cortos para correr para que le quedaran bien.

*Así es, concéntrate en ayudar.*

Cuando Allison se baja del autobús, tropieza. Un macho larguirucho la atrapa y las mejillas de ella se sonrojan mientras ambos se enderezan. Cuando Allison le agradece, él se ruboriza y tartamudea:

—Bi-bi- bienvenidos.

—Eres dulce —le dice Allison y sus gruesas gafas se humedecen. Sus orejas prácticamente arden enrojecidas—. Soy Allison.

—Soy Laurie —dice el hombre alto.

—Allie, deja de coquetear —dice Fiona—. Necesito la habitación de los cachorros.

Allison se sonroja.

—Te mostraré dónde está. —Un tipo de cabello oscuro se acerca, mostrando dientes blancos.

Fiona gira la cabeza.

—Eres irlandés —afirma.

—Así es. Me llamo Declan—. Él levanta las manos como si ella le hubiera amenazado porque está sosteniendo el cuchillo largo, así que podría hacerlo—. Encantado de conocerte. Y podría decir, eres la cambiante más bella que haya visto.

Fiona entrecierra y le apunta con el cuchillo.

—Atrás, polla de whisky.

—Vale, vale—. Se retira murmurando algo sobre un maldito duende violento.

—Veo que estás haciendo amigos, Fiona —bromeo con ella.

—¿Qué? Oh, él estará bien. —Pero Fiona frunce el ceño en dirección a Declan—. Solo bromeaba con él.

—Es guapo —dice Allison—. Pero no es mi tipo —agrega acariciando al tipo alto y desgarbado que está a su lado—. Aunque se os veía bien juntos.

—Y yo que pensaba que era una casamentera —le digo —. Lo insultaste bastante rápido.

—Cuando a Fiona le gusta alguien, se pelea —informa Allison—. Es una prueba.

—Ya veo. Para mí, pareció que no le tocaría su palo de un metro —bromeo. Los ojos de todos se abren de par en par y me doy cuenta de lo que dije—. Quiero decir —agito mis manos deseando poder retroceder treinta segundos—, que no lo tocaría con un palo de un metro.

—¿Un metro? Maldita sea, mujer. —Fiona silba—. Tal vez vaya tras él.

—Mmmm. —Allison se vuelve hacia mí—. Sunny, ¿tienes corteza de sauce? Sé que soy una metamorfa, pero tengo dolores de cabeza.

—Yo también tengo dolores de cabeza —murmura Laurie, parpadeando hacia Allison. Parece que ha visto un ángel.

—Tengo corteza de sauce en mi autobús —le digo—. La traeré.

Allison me da las gracias y le lanza a Laurie una sonrisa que lo hace volver a ponerse de pie.

¿Todos los metamorfos se emparejan tan rápidamente? Supongo que cuando se encuentra a la pareja, ya está.

Un pinchazo en el hombro me provoca taparme con la

mano el mordisco que Titus me dio. Nunca he tenido a un hombre tan rudo en el dormitorio, y me encanta. La herida se está curando muy bien, pero me frotaré caléndula o crema de árnica más tarde. Tal vez ambas.

Hurgando en mi armario de hierbas, la voz de Titus retumba a través de las paredes del autobús. Hago a un lado la cortina. La ventana necesita urgentemente una limpieza, pero el volumen de Titus es reconocible. Habla con otro grandullón vestido con pantalones y camisa, y se ve tenso.

Titus permaneció en silencio y distante durante el último tramo del viaje. Mi instinto me dice que es por mí. Por nosotros.

¿Le preocupa que sea el final?

Empiezo a sentir que no tiene por qué ser así. Todavía tenemos que hacer el viaje a Tucson. ¿Y si...? ¿Qué pasaría si pudiéramos permanecer juntos un tiempo más?

No sé cómo, pero maldita sea, parece que por primera vez, hay un hombre por el que vale la pena renunciar a mi independencia, darle mi confianza y mi corazón.

* * *

*Titus*

Joder. Noté la desagradable mirada que el alfa Green me echó cuando vio el autobús de Sunny. No sé por qué no la incluí en ninguno de mis reportes.

Sí, lo sé. Soy un maldito cobarde.

Así que aquí estoy, otra vez. Permito que una mujer me ciegue y no cumpla mis responsabilidades con la manada. Podría perderlo todo de nuevo.

—Vaya, has hecho amigos interesantes por allí —

comenta el alfa; sus ojos no viajan a los refugiados, sino a la manada de lobos negros. Por supuesto, no puedo evitar preguntarme si también habla de Sunny.

—Sí. No hablan mucho. Pero creo que se puede confiar en ellos, me llevó mucho tiempo entenderlos.

—Así que son mercenarios, básicamente. ¿Trabajos peligrosos por encargo? ¿Tuviste la sensación de que se quedarían allí?

—Creo que sí, pero nunca revelaron la ubicación de su complejo. Escuché que una de las mujeres dijo que Lightfoot y su hermano son de esa área originalmente, pero se unieron al ejército justo después del instituto y no habían regresado hasta ahora.

—¿Y la humana? —El alfa Green escupe la palabra *humana* como si estuviera hablando de mierda de perro en su césped.

Mi lobo casi suelta un gruñido.

Joder. Necesito tenerlo bajo control cuando hablo con mi *alfa*. La persona más importante en mi esfera. No puedo permitirme que la irracionalidad me afecte cuando se trata de mujeres.

—¿Qué hace ella aquí?

—Ella, ah, quedó atrapada en la situación.

—Y sabe de nosotros. —La voz de Green es neutra. No es una pregunta. No puedo negarle la verdad. Puedo evitar ciertos temas, pero no soy un mentiroso. Especialmente con un alfa.

—Su hija es una cambiante de zorra. Por supuesto que Sunny descubrió las cosas. —Esa parte es mayormente cierta. Sunny lo tenía a medio descubrir antes de que casi me volviera loco por la luna y la mordiera.

—Quieres decir, sabe de *nosotros*, específicamente. De esta manada. Deberías haber pedido permiso para traer a una humana a Wolf Ridge, a nuestro complejo privado. Esto no es propio de ti, Titus. Esperaba más.

Me golpea una ola de náuseas como una reacción visceral a la condena de mi alfa. Todos los recuerdos de cuando me citaron ante el consejo de la manada resurgen, cuando recibí el ataque físico y luego el más debilitante, el destierro. La vergüenza. Mis insuficiencias como padre para proteger a mi único cachorro. Perder la fe en mi propia capacidad para tomar buenas decisiones.

Ahora estoy en el mismo lugar otra vez.

—Le garantizo que no hablará. Su hija es parte de la manada de Tucson. Es de la familia de la manada. Pero me desharé de ella —me oigo decir. Mi propia voz suena como si viniera de cien kilómetros de distancia. Fría y vacía—. No hay problema.

—¿Estás seguro? Porque le vi la marca en el cuello. — Los ojos de Green se entrecierran. Me estudia la cara y parece que no puedo ocultar mis rasgos. Ni siquiera sé qué mostrar. Qué decir.

Mientras tanto, lucho con mi lobo, que está aullando endemoniadamente por dentro ante esta traición a nuestra compañera.

Intento responder, pero tengo la mente en blanco. La lengua hinchada.

—¿Tienes algo que decirme?

Sacudo la cabeza tontamente.

—Uh... No. Tuvimos una aventura. Había luna llena y perdí el control, pero eso no significa nada. No significa nada.

Ahora realmente voy a vomitar. Es como si acabara de arrancarme al lobo de mi interior, separando dos partes de mí mismo que siempre han estado en armonía. El calor y el frío recorren mi cuerpo. Mis órganos se retuercen y tiemblan.

—Es una humana, como usted dijo. —Mis labios de alguna manera siguen moviéndose a pesar de que estoy a punto de desmayarme—. Y no se quedará.

* * *

*Sunny*

*¿Qué?* Me tambaleo hacia atrás desde la ventana con la mano en el pecho. *Me desharé de ella.* Es un disparo al corazón. Duele peor que una bala. Después de todo lo que compartimos juntos, no puedo creer que Titus acabe con lo nuestro tan deprisa.

*No significa nada.*

Vale. No *hay un nosotros.* Era tonto pensar que un tipo con tantos problemas podría comprometerse.

El alfa Green dice algo que no entiendo. Estoy demasiado ocupada presionando mi palma contra mi dolorido pecho, respirando con dificultad. Esto es como lo ocurrido con Jack. Me ha considerado indigna por mi biología defectuosa. No soy lo suficientemente buena.

Pero el dolor que siento es por mi propia culpa. Lo dejé entrar, y así es como se siente. Como morir.

"Estoy comprometido con la manada", dijo Titus. Por supuesto que sí. Es por eso que no puede comprometerse conmigo. No es que alguna vez se lo pidiera. No es que tuviéramos ningún tipo de relación seria, en absoluto.

Pero aún así... que me despida sin más como a un humano del que tiene que deshacerse toca directamente mi núcleo más doloroso.

No me quedo a escuchar más. Vuelvo al autobús rentado, donde Fiona ha invitado a Declan solo para reprenderle más por su acento. Siento que Titus se acerca, así que me uno al grupo y me inclino hacia Allison.

—Lo siento. —Mi voz sale grave—. No tengo corteza de sauce.

Fiona frunce el ceño.

—Sunny, ¿estás bien?

—No importa —agito la mano—. Largo día.

—Estoy realmente agradecido, muchachos —la voz de Titus retumba y me quedo en silencio. Está a unos metros de distancia, estrechando la mano de Rafe.

Quiero estar en cualquier lugar menos aquí. Ya mismo seré invisible.

Allison da un paso adelante y le brilla el rostro. Por un segundo parece que le va a dar un abrazo al gran militar.

—Solo queríamos agradecerte...

—No hay problema —Rafe la interrumpe, retirándose antes de que pueda tocarla. Sus compañeros ya están en sus Humvees. El G63 de Deke levanta polvo a medida que acelera.

Entiendo. A los lobos no les gusta asociarse fuera de su propia manada.

Rafe se baja las gafas de sol, asiente con la cabeza a Titus y al alfa Green antes de saltar al Humvee de su hermano.

—Adiós, lobos negros —murmura Allison. No parece demasiado molesta por la actitud distante de Rafe.

Me aparto del grupo.

—Muy bien —dice el alfa Green—. Tenemos bocadillos y bebidas dentro, y un grupo de mi manada está buscando lugares donde alojaros. Tan pronto como podamos, reuniremos información de todos para volver a conectarlos con sus familias y establecerlos, donde quiera que vayan.

Los cambiantes comienzan a dispersarse en la dirección que apuntó el alfa Green.

—Titus —dice el alfa—. Te voy a necesitar dentro.

Titus se gira, buscando entre la multitud con el rostro pálido y demacrado. Su aura es de color marrón grisáceo.

Me escondo detrás del autobús. Tengo las manos húmedas y una migraña asesina me amenaza. Él me está buscando. Por supuesto, podría olfatear mi rastro si quisiera, pero después de unos segundos se encoge de hombros y se dirige al interior del edificio. Casi todos se han ido.

—Te traeré unas aspirinas —le dice Laurie a Allison, ofreciéndole la mano. Ella la coge y Laurie resopla, erguido hasta su altura máxima. Declan y Fiona se dirigen al interior, el labio de Fiona hace una mueca de desprecio mientras bromea con él.

Palmeando las llaves, me subo a mi autobús. Es mejor escabullirme ahora, antes de que alguien se dé cuenta. Necesito salir de Wolf Ridge. Lejos de Titus.

No me quiere.

Ese pensamiento sombrío me mantiene en marcha las dos horas y media completas hasta que me detengo en el camino de entrada de la casa de mi hija.

Oigo voces que murmuran dentro. Llamo.

Un segundo después, el brillo de la cabeza de mi hija llena la puerta.

—¿Mamá? —Cuando ve mi cara, sus cejas se alzan con preocupación bajo los colores de sirena de su cabello.

Entonces y sólo entonces, frunzo la cara y empiezo a llorar.

# Capítulo Doce

**T***itus*

La pesadumbre de las mentiras que le he dicho al alfa Green me amargan la boca. Intento convencerme a mí mismo que fue por el bien de Sunny, para evitar que el alfa se preocupe por ella o que posiblemente me pida que la lleve con un un vampiro para que le borre la memoria.

*Joder.*

Ni siquiera necesito que mi lobo me gruña. Yo mismo lo sé. Fue por total autopreservación. No quería que otra vez me echaran de la manada por una mujer, así que actué como un cobarde.

Pero si puedo salir de aquí, encontraré a Sunny y podremos hablar sobre nuestro futuro. Si aceptara dejarme ser parte de su vida, podría tratar con Green entonces.

Ni siquiera eso aplaca a mi lobo o a mí. Una corriente de inquietud corre a través de mí y aumenta.

Para empeorar las cosas, no puedo ver a Sunny en ninguna parte. No la he visto en un par de horas desde que llegamos y no me ha respondido mi mensaje de texto preguntándole dónde está. Por supuesto, la mirada de Green me sigue todo el maldito tiempo, así que tampoco he podido eludir mis deberes para ir a buscarla.

Por fin, terminó el informe para al consejo de la manada.

—Buen trabajo el de todos —felicita el alfa Green a la sala.

Entrevistamos a algunos de los cambiantes y conversamos con el gurú de la tecnología Jackson King y su esposa Kylie, una cambiante con increíbles habilidades de hacker. Ambos trabajan para ponerse en contacto con la manada de cada uno de los metamorfos liberados, por si acaso quieren regresar con ella. Si los cambiantes prefieren no regresar a sus hogares, los ayudaremos a establecerse. Mientras tanto, la manada de Phoenix continuará recibiendo a todos.

Doy un vago gesto de asentimiento cuando Pierce, uno de mis amigos del consejo, me da palmadas en el hombro.

—Buen trabajo, Titus.

—Sí, gracias. Tengo que irme. Os veré a todos más tarde.

Traté de salir temprano de la reunión un par de veces, pero cada vez que lo intentaba mi alfa me disparaba otra pregunta.

Sunny es una adulta. Puede manejarse sola. O eso le digo a mi lobo. Pero nada se siente bien acerca de todo esto.

En la sala principal, solo queda la mitad de los nuevos cambiantes ayudando a limpiar o examinando las mesas de la parte trasera, cubiertas con donaciones de ropa y artículos de tocador. El resto ha sido recogido por miembros de la manada que ofrecieron lugares para alojarlos en sus hogares.

Allison y Fiona todavía están aquí, sentadas con los dos extraños metamorfos de Tucson. Me detengo al final de su mesa.

—¿Dónde está Sunny?

Allison frunce el ceño, intercambiando una mirada con Fiona.

—No la he visto hace bastante tiempo.

—No comió con nosotros. La última vez que la vi fue junto a su autobús VW.

—Gracias. —Salgo, y una inexplicable sensación de temor me retuerce las entrañas—. ¿Sunny? —El sol rasante me pega recto en los ojos y me los tapo con la mano, dirigiéndome alrededor del autobús y los todoterrenos, en busca del familiar destello plateado del autobús de Sunny. En medio del mar de olores, del aroma a frutas y hierbas, siento como si Sunny me provocara. Recorro todo el aparcamiento y nada. ¿A dónde se fue? ¿Se detuvo frente del edificio por alguna razón?

Mi lobo me lanza insultos y yo le ignoro. Ahora no. Tengo que encontrar a Sunny. Necesito resolver esto con ella. Ya mismo. O estamos juntos o no lo estamos. Pero tengo que saberlo.

Mi lobo aúlla. *Nuestro compañera.*

Me froto la nuca. Realmente tengo que resolver esta situación. Me preocupo por Sunny, pero pertenezco a mi manada.

Respiro hondo y miro al suelo, mi lobo llamándome la atención. Me toma un momento entender lo que veo: un conjunto de huellas de neumáticos que se curvan a través del polvo.

Joder. Supongo que esto significa que no vamos a estar juntos.

Sunny me dejó.

Otra vez.

* * *

*Sunny*

Foxfire me llena la taza con té de manzanilla. Detrás de ella, Tank ocupa todo el espacio disponible en la cocina apoyado contra los armarios. Su gran contextura es tan parecida a la de Titus que me duele mirar en su dirección.

—¿Así que te acabas de ir? —pregunta mi hija gentilmente. Parece tranquila, pero su aura multicolor late con alarma. No todos los días la sorprendo en la puerta de su casa y rompo a llorar.

—Sí. —Me limpio los ojos—. No iba a quedarme donde no me quieren. Dada la elección entre su manada y yo, ¿a quién va a elegir? —Trato de reírme. La mordida en el hombro palpita y la froto con la palma de la mano. El dolor se irradia a través del brazo—. ¿Tienes árnica? —Me estiro el cuello.

Foxfire suelta un suspiro, agarra mi camisa y mira fijamente al enorme mordiscón.

—¿Qué demonios? ¿Titus hizo esto?

—No es nada, cariño. —Aparto su mano y cubro la marca de nuevo—. Solo es un mordisco de amor. —Uno grande.

—Esa no es una mordida de amor. Es una marca de apareamiento.

Parpadeo ante su tono serio.

—¿Qué?

—¡Tank! —llama mi hija. Su hombre ya está parado cerca de mí—. Muéstrale.

Con un suspiro, dejo caer la mano. Su mirada se centra en la marca.

—No es nada —insisto.

—No es nada. ¿Ves? —Foxfire tira de su propia camisa y

me muestra una mordida curada—. Es una cosa de lobos. Lo hacen cuando quieren reclamarte. Si Titus hizo eso, significa que eres su compañera.

—Pero... Soy humana.

—No importa. Su lobo te reclamó como suya.

—Pero Titus renunció a mí. Llamó a lo que teníamos "una aventura'" y le dijo a su alfa que no significaba nada. —Las palabras apuñalan mi corazón de nuevo.

—Joder—murmura Tank, y se aleja dando zancadas. El acto es tan Titus, que las lágrimas me llenan los ojos.

—Está bien, Sunny. —Foxfire me cubre la mano—. Lo prometo, estarás bien.

* * *

*Titus*

Sunny se fue. Se fue.

Trato de llamarla por todos los nombres que usé con mi exesposa. *Perra. Traidora.* Pero mi lobo no quiere. Estuvo contento de librarse de mi ex, que nos mintió desde el principio. Sunny no mintió. Es fiel a sí misma, todos los días, y me hizo saber que la juzgaba.

Me llevo mi teléfono a la oreja antes de darme cuenta de que está zumbando.

*Tank* dice la pantalla. Respondo.

—¿Tank? ¿Todo bien?

—No. Tengo una situación.

Mi corazón cae a mis botas.

—¿Es Foxfire? ¿Alguien fue a por ella? —Joder, sabía que habría represalias. No me di cuenta de que sería tan pronto.

—No es Foxfire. Ella y yo estamos bien. Es Sunny.

El mundo gira otra vez.

—¿Sunny? ¿Está allí?

—Sí. Apareció hace media hora, llorando a mares. Aparentemente escuchó que la despreciabas ante el alfa Green.

Las piezas se reorganizan y encajan en su lugar. Mi mente da vueltas. ¿Qué le dije a Green? Oh, joder, fue feo. Muy feo.

—Mierda.

—Sí.

—Tank, yo...

—La marcaste, papá. Vi la mordedura.

No puedo hablar.

—Escucha, no se puede poner a la manada por encima de tu felicidad personal. La manada no lo es todo. Y Sunny no es mamá. No todas las mujeres son así.

Me duele escuchar a Tank mencionar a su madre. Nunca habla de ella si puede evitarlo. Prefiero recibir una bala que hacer que mi hijo recuerde a la mujer que lo abandonó.

—Lo sé.

—Sunny no es así. Es cariñosa y leal.

—Ella me dejó —le recuerdo—. Dos veces.

—Foxfire me dejó. Estas mujeres Hines harán eso en lugar de enfrentar el rechazo.

—No la rechacé. —La mentira sabe a vinagre en mi boca.

—Lo hiciste. La trajiste a tu vida y la desamparaste con los lobos. Así no es como tratas a una compañera. No es así como me criaste.

*Nuestra.* Mi lobo aúlla. *Nuestra compañera.*

Me trago el dolor.

—Se fue por su propia voluntad.

—Entonces recupérala —gruñe mi hijo—. Deja tu maldito orgullo y protege a tu pareja.

*¡Sí!* Mi lobo está de acuerdo.

—Padre —añade Tank a dura frase.

—Eres un buen hombre, hijo.

—Soy lo que me criaste para ser.

—Estoy orgulloso de ti.

—Papá ... —suspira. Lo que sea que diga a continuación va a ser pesado—. Te quiero.

Agarro el teléfono con más fuerza. Intento tragar saliva.

—Yo también te quiero. —No decimos estas palabras en voz alta. Pero ¿por qué no? La vida es demasiado corta para mantener todo guardado.

Tank y yo nos aclaramos nuestras gargantas simultáneamente. Él habla primero.

—Sunny está aquí. La mantendremos a salvo hasta que vengas. Simplemente no tardes demasiado.

Nos despedimos y colgamos.

Sunny. Joder. Tengo que recuperarla. Ahora.

Vuelvo a entrar para conseguir mis llaves y un chaleco.

—¿Titus? —El alpha Green llama desde la esquina. El resto del consejo se despliega por la sala comiendo los bocadillos sobrantes—. ¿Puedes tomar el autobús rentado y llevar hasta el hotel al final de la calle al resto de nuestros huéspedes?

—No. Me voy.

—¿Qué? ¿Se trata de la humana? —Los ojos de Green se entrecierran—. Porque ella se fue. Pierce la vio marcharse cuando entró.

Me detengo en la puerta.

—¿Sabía que se fue y no me lo dijo? —gruño a mi alfa.

Sus fosas nasales aletean.

—Pensé que te estabas deshaciendo de ella. —Hay una advertencia en su voz, pero me importa una mierda.

—¡No tenía derecho a echarla! —le grito abiertamente ahora. Las bocas de los miembros del consejo quedan abiertas. Nadie desafía a Green de esta manera.

—No la eché. De todos modos, es una humana. No pertenece a la manada de los cambiantes, y ella lo sabe. Mejor de lo que parece. ¿A dónde vas?

Agarro mi chaleco de la silla y me encojo de hombros.

—A recuperarla.

—Titus, no puedes estar con ella. Lo prohíbo.

—A la mierda con eso.— Las palabras salen de mi boca antes de que pueda pensar.

—¿Disculpa? ¿Qué dijiste?

—Voy tras Sunny. Es mía.

—Es humana. No pertenece a la manada.

—Es mi compañera.

—No puedes traer a una humana aquí. No a mi manada.

—Entonces estoy fuera —espeto.

—¿Qué? —Pierce jadea. La sala llena de cambiantes se queda en silencio. Todos nos mirando: Allison, Fiona, Declan, Laurie y el resto. Todo el consejo.

La piel de gallina se eriza en mi brazo. Mi lobo contiene la respiración. Sabe que no podré retractarme de lo que estoy a punto de decir.

—Estoy fuera —repito—. Fuera de la manada.

El alfa Green se pone casi púrpura. No se lleva bien con la gente que se enfrenta a él.

—Vete de aquí, Titus, no vuelvas.

—Suena bien para mí. —Giro sobre mis talones y me dirijo a la puerta. No es inteligente darle la espalda a un lobo enfadado, y Green está furioso como nunca antes le había visto, pero me importa un carajo. Ninguno del consejo puede llevarme. Soy demasiado grande, demasiado fuerte.

Mi rabia me lleva a la mitad del aparcamiento. Cuando llego a mi moto, disminuyo la velocidad.

Joder. Dejé a mi manada. ¡Maldición! Es mi pasado otra vez. Expulsado por culpa de una mujer.

Pero esta vez es diferente. Tank era solo un crío y tenía que protegerle. Ahora ha crecido. Mis elecciones son mías. No afectan a nadie más que a mí.

Nada importa excepto recuperar a Sunny. Por primera vez en mucho tiempo, estoy viendo todo claramente.

Tiro una pierna sobre mi moto y la acelero ya en marcha. Con el sol hundiéndose sobre mis hombros, me dirijo a Tucson.

No más correr. Esto se termina esta noche.

# Capítulo Trece

S*unny*

—¿Sunny?

—Foxfire, ¿qué? Es tarde. —Entrecierro los ojos ante su silueta a la luz del pasillo. Mi cabeza palpita en señal de protesta.

—Lo siento. Alguien vino para hablar contigo.

¿Qué?

—¿Quién...? —Siento el cambio en el aire. Un pinchazo de una presencia familiar. Solo Titus activa mis sentidos de esta manera—. No.

—Creo que deberías hablar con él.

—Foxfire —llama Tank. Mi hija desaparece. Me levanto de la cama. Si voy a enfrentarme a Titus, voy a pararme en mis dos pies.

Oh, ¿a quién quiero engañar? Soy un bicho raro. Siempre lo seré. Enderezo los hombros. No cambiaré por un hombre. Ni siquiera por Titus.

Su figura llena la puerta y la habitación se desvanece de mi vista. Él es lo único que veo.

—Sunny.

—Titus. —Pensándomelo bien, no voy a levantarme. Me hundo con gracia en la cama un segundo antes de que mis rodillas cedan—. ¿Qué quieres?

—A ti.

—Es gracioso, eso no es lo que escuché. —Sí, así es como suena cuando una mujer de cincuenta y tantos años actúa como una adolescente. Pero tengo derecho a un poco actitud.

—Sé lo que escuchaste. —Extiende las manos. Si no se viese tan malditamente arrepentido, le echaría de la habitación ahora mismo.

—Lo arruiné todo. Por un minuto, por un minuto *estúpido*, realmente pensé que mi lugar en la manada era más importante que tú. Pero me equivoqué.

Para mi sorpresa, cae de rodillas frente a mí. Debo de estar loca, porque todo lo que puedo pensar es en subirme a horcajadas sobre su cintura como lo hice en la cascada.

En cambio, me presiono los nudillos en la boca para evitar que vea el temblor de mi barbilla. Es un intento fallido porque algunas lágrimas caen sobre el dorso de mi mano.

—Cariño —dice suavemente. Cubre la mano en mi boca con la suya y la retira gentilmente, acariciando la parte posterior con el pulgar—. Te lastimé. Lo siento mucho. Planeé hablar contigo sobre nuestro futuro después de la reunión. Porque te amo y quiero estar contigo. Pero luego, cuando el alfa Green vino con preguntas, entré en pánico. Y créeme, sentí la traición de esas palabras en el momento en que salieron de mi boca. Me dije a mí mismo que todo estaría bien, porque una vez que hablara contigo, podría encauzar las cosas con Green.

Si no pudiese sentir su energía, vería la pena pintada en toda su cara. No puedo dudar de sus palabras. Titus nunca ha sido un jugador o un mentiroso, en ningún sentido.

—Pero eso ya pasó, así que espero poder convencerte de que estemos juntos.

—¿Qué ya pasó?

—Dejé la manada. Le dije a Green que eras mi compañera y que me iría contigo.

Me quedo sin aliento.

—No... Titus.

La alarma se refleja en su mirada.

—La manada significa todo para ti. No quiero que renuncies a ella por mí.

Me quita un mechón de pelo de la cara.

—No me importa la manada. Todo lo que me importa eres tú. Por favor, di que sí. No te condicionaré, lo prometo. Tendremos que conseguir una caravana más grande, pero iré contigo a donde sea que tu espíritu libre quiera ir.

Suelto una risa aguda.

—Titus, no —repito y parece aún más alarmado—. Quiero decir que no, no tenemos que vivir en una caravana. No te llevaría por todo el país por el circuito de artesanos.

Las cejas de Titus se juntan.

—No estoy seguro de lo que estás diciendo, Sunny. Por favor, dime que es que me dejarás ser tu compañero.

Toco la marca de la mordida.

—Por lo que entiendo, esto ya es un trato hecho.

La culpa cubre la cara de Titu.

—Lo siento. Debería haberte dicho. Simplemente no quería asustarte. Sé que no te gusta establecerte en un lugar.

Extiendo la mano y le toco la cara. Su barba canosa es suave debajo de mis dedos.

—Titus, no lo entiendes. Estaría feliz de establecerme en un sitio.

Sus cejas se levantan en sorpresa.

—¿Lo harías?

—Sí. Contigo. Aquí. O en cualquier lugar. Si realmente estás buscando pareja.

Él suelta una risa dolorida.

—No estoy buscando pareja.

Me sonrojo.

—Oh, yo...

—Ya la encontré.

—¿Lo hiciste? —susurro.

Se acerca para tomarme la cara con ambas manos.

—Sí. Ella está justo aquí frente a mí.

—¿No te importa que sea humana? —Tengo que preguntar. No puedo estar en esta relación sintiéndome inadecuada. Como siempre me sucedió. No volverá a pasar.

—Me encanta que seas humana. —Me lleva a su regazo, donde quiero estar todo el tiempo.

Envuelvo mis brazos alrededor de su cuello.

—¿Sí?

—Demonios, sí. Significa que puedo impresionarte con mi descomunal fuerza. —Él flexiona sus muslos debajo de mí, haciéndome subir unos centímetros.

Me río y le muerdo el labio.

—Y tu tremenda destreza.

Su polla se pone dura, levantándome un poco más.

—Sí, eso.

—Y tu hermoso lobo plateado. —Le beso.

Titus toma la iniciativa, sosteniendo los lados de mi cara para reclamar mi boca.

—Sí, eso también. —Su lengua se desliza en la mía, el bigote me hace cosquillas en los labios.

—Te amo, Sunny Hines.

—Yo también te amo, hombre lobo.

De alguna manera, se pone de pie conmigo todavía envuelta alrededor de su cintura.

—¿A dónde vamos? —le pregunto mientras me saca de la habitación de huéspedes.

—Al autobús VW. —Baja la voz a un estruendo silencioso que solo yo puedo escuchar—. No puedo follarte en la casa de mi hijo. Se siente demasiado raro.

Me río.

—Estoy segura de que Foxfire y Tank te lo agradecerán.

—Lo garantizo —dice—. Especialmente con lo fuerte que te voy a hacer gritar.

—Tal vez sea mejor que llevemos a Daisy a unas pocas cuadras de distancia, entonces —sugiero mordisqueándole el cuello.

—A pocos *kilómetros* de distancia —acepta.

# Epílogo

S*unny*

—¿Un brindis? —dice Foxfire.

—¿Un brindis por...? —Tank coloca el plato colmado en la mesa de picnic. Titus limpia la parrilla, preparándose para cocinar una montaña de carne.

—Por el amor. —Le sonrío a Titus. Lleva un delantal *May I Suggest the Sausage* con una flecha apuntando hacia abajo. Se lo compré en un mercado de agricultores y juró que no lo usaría... hasta que pasé unas noches probando su carne. Foxfire amenazó con quitarse los ojos cuando le vio usándolo.

—¿Amor? Demasiado cursi —se queja Foxfire.

—No es de extrañar que no tenga nietos.

—¡Sunny! —Ella me mira a mí, luego a Titus, y desvía sus ojos hacia el cielo—¿Por qué yo? ¿Qué he hecho para merecer esto?

—Deja de ser tan dramática. Titus y yo somos adultos con libidos saludables y normales...

—Nunca más me menciones tu libido.

—...y estamos hechos el uno para el otro. Solo recuperamos el tiempo perdido. —Después de unos días de escabullirnos en el autobús VW, finalmente rompimos la cama de la habitación de invitados de Foxfire anoche. Le doy un beso a Titus.

—Te amo, hombre lobo.

—Te amo también, sol.

—Oh, cielos, qué pesadilla —murmura Foxfire.

Ladeo la cabeza.

—Está por sonar el timbre...

Suena el timbre.

—Súper sentidos. —Foxfire se toca la oreja—. Hablando de eso, ¿cuánto tiempo vais a quedaros aquí? No es que no me gusten tus panqueques sin gluten, Sunny, es solo que con nuestra audición de cambiantes podemos escucharos a través de las paredes.

—Oh, lo siento, cariño, ¿estábamos hablando demasiado alto?

—No es la conversación lo que me molesta.

—Ooooooh. —Miro a Titus y me río—. Bueno, ya sabes cómo son estos lobos. Tan viriles y...

Foxfire se tapa las orejas con las manos y canta:

—La la la.

Titus aparta suavemente su muñeca el tiempo suficiente para decirle:

—Vamos a hacer una oferta por una casa mañana. Esta noche iremos a un hotel.

—Gracias, Sr. T. ¿No te importa si te llamo Sr. T?

—Me importa —dice Titus, pero me guiña un ojo.

Foxfire se ríe. Tank asoma la cabeza por la puerta.

—Están aquí.

—¡Ey! —grita mi hija, y corre a abrazar a una mujer pelirroja de aspecto familiar, con una pizca de pecas marrones en la nariz. Un hombre descomunal se cierne entre la peli rroja y Tank. Le da a Titus una mirada sospechosa antes de levantar la barbilla en señal de saludo.

Foxfire agarra la mano de la mujer y la arrastra hacia mí.

—Sunny, esta es Jordy. Ella es...

—La hermana de Johnny —le digo—. Oh, querida, me habló de ti. Eres tan menuda, pero te pareces tanto a él. —La envuelvo en un abrazo.

—Cuidado —advierte el guardaespaldas de Jordy. Aflojo los brazos y retrocedo para estudiar a Jordy.

—Y tú debes ser Grizz —saluda Foxfire al grandullón. Él gruñe un hola.

—Espera un minuto. —Entrecierro los ojos. El aura de Jordy es calma y brillante, pulsando con dos latidos.

—Nieta —grito—. ¡Nieta! Titus, vamos a tener nietos.

—Bueno, en realidad —dice Foxfire—. Jordy es la hermana de mi padre, así que eso la convierte en mi tía y su bebé en tu sobrina ...

—Nieta —arrullo, abrazando a Jordy suavemente—. Oh, estoy tan feliz por ti. Me doy vuelta y abro los brazos a Grizz. Parece ligeramente alarmado cuando le doy un gran abrazo de estilo Sunny—. Bienvenida a la familia—. Le sonrío.

—Gracias. —Me da una palmadita en la espalda. Me quedará la huella allí.

—Oh, estoy tan feliz. —Agito las manos hacia mi cara para secarme las lágrimas—. Titus, ¿no es maravilloso?

—Claro que sí, sol. —Titus me atrae para darme un beso.

—¡Puaj! —Tank y Foxfire gimen al unísono.

—Oh, basta, vosotros dos. Tú solo eres bastante ruidoso. *Gran papá*. —Entrecierro los ojos a Tank.

Foxfire finge tener arcadas en una maceta.

—¿Cerveza? —Tank ofrece a Grizz.

—Refrescos. Para los dos. —El tipo grande se preocupa por su pareja, sacando su asiento y asegurándose de que tenga un cojín.

—Estoy bien —le susurra ella y le sonríe tan dulcemente que lloro de nuevo. Cuando él se inclina y le besa la frente pecosa, tengo que secarme los ojos.

Me apoyo en Titus y los observo con el corazón en los ojos.

—Soy tan feliz, Titus. ¿Tú eres feliz?

—Tengo mi propio sol. —Me rodea con un brazo y sigue asando la carne—. Por supuesto que lo soy.

* * *

Muchas gracias por leer la serie *Alfas peligrosos*. Ha sido una experiencia fabulosa.

Tenemos dos nuevas series para ti: *Shifter Ops*, con la manada de los lobos negros de Taos, y otra de alto secreto, ¡que se revelará pronto!

Si te gustó este libro, siempre apreciaremos tus comentarios y recomendaciones. Lectores como tú son quienes hacen posible que los autores independientes publiquen sus libros para todo el mundo.

¡Gracias!

# Libro Gratis - La virgin y el vampiro

Quiere un libro gratis de Renee Rose y Lee Savino? Suscríbete a su newsletter para recibir **La virgin y el vampiro** y otro contenido especialmente bonificado y noticias de nuevos. https://BookHip.com/XJPQQXK

# Libro Gratis de Renee Rose

Quiere un libro gratis de Renee Rose? Suscríbete a mi newsletter para recibir **Padre de la mafia** y otro contenido especialmente bonificado y noticias de nuevos. https://BookHip.com/NCVKLK

# Otros Libros de Renee Rose

**Vegas Clandestina**

*Rey de diamantes*

*Padre de la mafia*

*Sota de picas*

*As de corazones*

*El comodín del Loco*

*Su reina de tréboles*

*La mano del muerto*

*El comodín*

**Rancho Wolf**

*Áspero*

*Salvaje*

*Feroz*

*Rudo*

*Indomable*

*Implacable*

**Dos Marcas**

*Rebelde - GRATIS*

*Tentada*

*Deseada*

*Seducida*

**Alfas peligrosos**

*La tentación del alfa*

*El peligro del alfa*

*El premio del alfa*

*El reto del alfa*

*La obsesión del alfa*

*El deseo del alfa*

La Guerra del alfa

La Misión del alfa

El tormento del alfa

El secreto de alfa

La presa del alfa

**Alfa de Montaña**

*Héroe*

*Rebelde*

*Guerrero*

# Otros libros de Lee Savino

**Saga Guerreros Berserker**

Vendida a los Berserker

Emparejada con los Berserker

Raptada por los Berserker

Entregada a los Berserker

Reclamada a los Berserker

**Alfas Peligrosos**

La tentación del alfa

El peligro del alfa

El premio del alfa

El reto del alfa

La obsesión del alfa

El deseo del alfa

La Guerra del alfa

La Misión del alfa

El tormento del alfa

El secreto de alfa

La presa del alfa

La virgen y el vampiro

# Conoce a la autora

RENÉE ROSE, LA AUTORA BESTSELLER EN USA TODAY, ama los héroes dominantes, ¡los machos alfa que saben hablar sucio! Ha vendido más de un millón de copias de tórridas novelas románticas con diferentes niveles de sexo no convencional. Sus libros han sido presentados en el Happily Ever After de USA Today y en Popsugar. Nombrada en el Eroticon de los Estados Unidos como la Próxima Autora Erótica Top en 2013, ha ganado también como Autora Preferida en Ciencia Ficción y Antología Valiente y Atrevida y con la mejor novela romántica histórica en The Romance Reviews. Figuró catorce veces en la lista de USA Today con su serie Rancho Wolf y varias antologías.

**Suscríbete a mi newsletter para recibir contenido especialmente bonificado y noticias de nuevos lanzamientos en Español.

https://www.subscribepage.com/reneerose_es

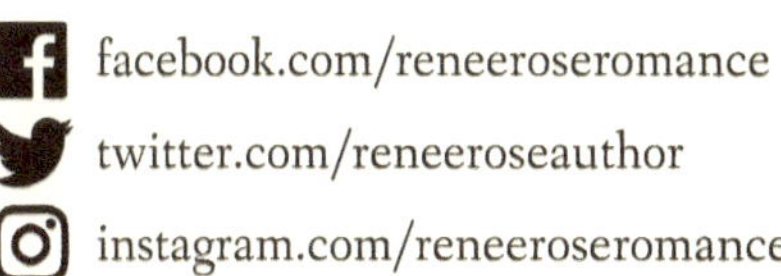